Aesop's Fables

역사를 관통한 지혜의 정수

이솝우화

이솝(Aesop) 지은

단한권의책

우리에게 많이 알려진 〈이솝우화〉는 기원전 6세기경 그리스의 사모아 섬에 살던 이솝이란 노예가 창작해 구전되다가 17세기에 프랑스 시인 라 퐁텐(Jean de La Fontaine, 1621~1695)에 의해서 정리된 우화집을 말한다. 이솝은 사모아 성주의 노예였는데, 두뇌가 뛰어날 뿐만 아니라 슬기롭고 지혜로웠지만 외모는 아주 못생긴 사람이었다고 한다. 그러나 그는 인정이 많아서 쉬는 시간이 되면 친구 노예들을 위로하려고 재미있는 이야기를 꾸며서 들려주곤 했다. 그런데 그 이야기가 어찌나 재미있었던지, 그 이야기를 들으려고 다른 농장에서까지 달려오는 사람들이 생겨났다. 이 소문은 점점 퍼져 나중에는 왕의 귀에까지 들리게 되었고, 이솝은 왕 앞에 불려 가 나라에 어려운 일이 닥칠 때마다 슬기로운 지혜로 도움을 주었다. 이솝은 그 공으로 노예의 신분에서 풀려나 세계를 두루 여행하면서 자유롭게 살았다고 한다.

우화란 깃들일 우(寓)에 이야기 화(話)자를 합한 말로서, '깃들여 있는 이야기'란 뜻이다. 깃들여 있는 이야기란 말은, 뜻이 겉에 드러나 있지 않고 속에 숨어 있다는 뜻이다. 우화의 주인공들인

여우, 돼지, 늑대, 당나귀, 나무와 꽃 등의 말과 행동을 통해 인간 세상의 문제를 비난하고 교훈을 전달한다. 이들 주인공은 인간과 똑같이 말하고 행동하며, 인간을 대신해 웃기도 하고 화를 내기도 한다. 그뿐만 아니라 이들에게는 인간과 똑같은 이성과 감정이 있기 때문에 잘못을 저지른 후 후회하기도 하고, 기지를 발휘해 어려운 상황을 모면하기도 한다. 이처럼 동물을 의인화한 〈이솝우화〉에 등장하는 어리석고 욕심 많은 사자, 교활한 여우, 우둔한 개구리 등의 이야기를 읽다 보면 왠지 뜨끔한 생각이 들지도 모른다. 단순히 웃어넘길 수도 있는 이야기들이지만 곱씹어 생각해 보면 그 속에 인간의 어리석고 나약한 모습이 담겨 있기 때문이다.

〈이솝우화〉는 서양에서 '성인들의 도덕 교과서'라고 불리면서 성서 다음으로 많이 읽힌 책으로 기록된다. 또한, 오랜 세월 동안 반복 회자되면서 '지혜의 칼, 언어의 칼'이라고 평가받기도 했다. 고대 그리스의 철학자 플라톤에 의하면 소크라테스는 감옥에서 죽음을 기다리면서 〈이솝우화〉 몇 편을 운문으로 만들었다고도 한다. 중세 시기의 철학자들과 수사학자들은 〈이솝우화〉를 학생들에게 예문으로 제시하면서 도덕을 논한 것으로 유명하나. 그래서 '이솝적'이라는 표현은 검열을 피하기 위한 우의적이고 정치적인 발언뿐만 아니라 작자 미상의 문학 전통을 가리키는 표현으로 쓰이기도 했다.

〈이솝우화〉는 약자에게는 희망과 용기를, 교만하고 무례한 자에게는 반성의 기회를 마련해 준다. 이솝이 전하는 이야기들이 부드러움과 날카로움의 두 날을 지닌 언어로 고전 중 최고의 고전으로 평가받는 이유가 여기에 있다. 〈이솝우화〉의 인기는 짧은 글 속에 함축된 특유의 재치로 당대 사회를 날카롭게 비판하는 동시에 사회 및 인간관계 등에 대한 실질적이고 전반적인 교훈을 제공하는 데에 있다. 〈이솝우화〉 속에는 진실과 거짓, 노력과 게으름, 욕심과 나눔, 독단과 배려, 자유와 구속, 쾌락과 고통, 선행과 악행, 약자와 강자, 현실과 이상, 술수와 계책, 무익함과 유익함 등 우리 삶의 모든 문제가 함축되어 있다. 예를 들어, 이 책에 나오는 '싸움닭과 독수리'는 자만심에 대해 경고하고, '아버지를 묻은 종달새'는 부모를 공경해야 함을 일깨워 준다. 이처럼 짧고 재미있는 한

토막의 이야기 속에 따끔한 깨우침을 담고 있는 우화를 통해 어린이들은 물론이고 어른들도 읽으면서 일상생활을 돌아보는 여유와 지혜를 배울 수 있을 것이다.

이 책은 이러한 〈이솝우화〉 113편을 한데 엮은 것으로, 한 편의 우화가 끝나면 한 문장으로 교훈을 제시해 준다. 하지만 이솝의 글은 같은 글을 읽더라도 사람마다 각기 다른 풀이를 내놓을 수 있을 만큼 중의적이며 상징성이 풍부하다. 제시된 교훈에 얽매이지 말고 자신만의 사고로 이야기를 풀어가 보는 것도 좋을 것이다. 또한, 이 책에는 〈이솝우화〉의 영문본이 함께 수록되어 있다. 영어를 읽으면서 한글본에서는 자칫 느낄 수 없는 이솝 특유의 재치와 신랄한 비판을 느껴 보길 바란다.

※이 작품은 최대한 원문에 충실하게 번역하려 하였으나, 한글로 번역하면서 어색한 부분을 다듬거나 보태게 된 문장들이 있습니다. 영한대역으로 구성하게 된 것도 독자들에게 가감 없는 원문의 느낌을 그대로 전달받을 수 있는 도서를 만들고자 하였기 때문임을 알려드립니다. 단순한 해석본이 아닌 한글로도 최대한 작품의 의미를 느낄 수 있으면서 원문의 손상이 없는 번역을 하고자 노력하였음을 알려드립니다."

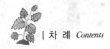

| 차 례 *Contents*

1. 왕자와 사자 그림   The King's Son and the Painted Lion · 12

2. 고양이와 비너스   The Cat and Venus · 16

3. 암염소와 수염   The She-Goats and Their Beards · 18

4. 개와 굴   The Dog and the Oyster · 20

5. 벼룩과 남자   The Flea and the Man · 22

6. 도둑들과 수탉   The Thieves and the Cock · 24

7. 여행객과 플라타너스   The Travelers and the Plane Tree · 26

8. 독사와 줄칼   The Viper and the File · 28

9. 나귀와 손님   The Ass and His Purchaser · 30

10. 연못가의 수사슴   The Stag at the Pool · 32

11. 아버지를 묻은 종달새   The Lark Burying Her Father · 36

12. 각다귀와 황소   The Gnat and the Bull · 38

13. 개와 짐승 가죽   The Dogs and the Hides · 40

14. 원숭이와 낙타   The Monkey and the Camel · 42

15. 소작농과 사과나무   The Peasant and the Apple Tree · 44

16. 종달새와 새끼들   The Lark and Her Young Ones · 46

17. 여우와 사자   The Fox and the Lion · 50

18. 목욕하는 소년   The Boy Bathing · 52

19. 남편과 아내　The Man and His Wife · 54

20. 늑대와 여우와 원숭이　The Wolf, the Fox, and the Ape · 56

21. 사자와 세 마리의 황소　The Lion and the Three Bulls · 58

22. 맹인과 짐승 새끼　The Blind Man and the Whelp · 60

23. 개와 여우　The Dogs and the Fox · 62

24. 늑대와 말　The Wolf and the Horse · 64

25. 북풍과 태양　The North Wind and the Sun · 66

26. 사자와 여우와 당나귀　The Lion, the Fox, and the Ass · 68

27. 참나무와 나무꾼　The Oak and the Woodcutter · 70

28. 당나귀와 개구리　The Ass and the Frogs · 72

29. 까마귀와 갈까마귀　The Crow and the Raven · 74

30. 게와 여우　The Crab and the Fox · 76

31. 당나귀와 나이 든 양치기　The Ass and the Old Shepherd · 78

32. 솔개와 백조　The Kites and the Swans · 80

33. 토끼와 여우　The Hares and the Foxes · 82

34. 궁수와 사자　The Bowman and Lion · 84

35. 낙타　The Camel · 86

36. 개와 토끼　The Dog and the Hare · 88

37. 황소와 어린 송아지　The Bull and the Calf · 90

38. 수사슴과 늑대와 양　The Stag, the Wolf, and the Sheep · 92

39. 공작과 두루미　The Peacock and the Crane · 94

40. 도둑과 여관 주인　The Thief and the Innkeeper · 96

41. 까마귀와 물주전자　The Crow and the Pitcher · 100

42. 개구리 두 마리　The Two Frogs · 102

43. 여우와 원숭이　The Fox and the Monkey · 104

44. 벌과 주피터　The Bee and Jupiter · 106

45. 해안 여행객　The Seaside Travelers · 108

46. 당나귀와 그림자　The Ass and His Shadow · 110

47. 참나무와 갈대　The Oak and the Reeds · 112

48. 사냥꾼과 나무꾼　The Hunter and the Woodman · 114

49. 새사냥꾼과 자고새와 수탉　The Birdcatcher, the Partridge, and the Cock · 116

50. 두 마리의 개구리　The Two Frogs · 120

51. 사자와 곰과 여우　The Lion, the Bear, and the Fox · 122

52. 암사슴과 사자　The Doe and the Lion · 124

53. 갈매기와 솔개　The Seagull and the Kite · 126

54. 생쥐와 황소　The Mouse and the Bull · 128

55. 황소와 염소　The Bull and the Goat · 130

56. 원숭이와 어미　The Monkeys and Their Mother · 132

57. 여행객과 운명　The Traveler and Fortune · 134

58. 게와 어미 게　The Crab and Its Mother · 136

59. 전나무와 가시나무　The Fir Tree and the Bramble · 138

60. 쥐와 개구리와 매　The Mouse, the Frog, and the Hawk · 140

61. 개에게 물린 남자　The Man Bitten by a Dog · 144

62. 두 항아리　The Two Pots · 146

63. 늑대와 양　The Wolf and the Sheep · 148

64. 흑인　The Aethiop · 150

65. 사냥꾼과 어부　The Huntsman and the Fisherman · 152

66. 노파와 술항아리　The Old Woman and the Wine-Jar · 154

67. 두 마리의 개　The Two Dogs · 156

68. 매와 독수리와 비둘기　The Hawk, the Kite, and the Pigeons · 158

69. 과부와 양　The Widow and the Sheep · 160

70. 야생 당나귀와 사자　The Wild Ass and the Lion · 162

71. 병든 독수리　The Sick Kite · 164

72. 당나귀와 수탉과 사자　The Ass, the Cock, and the Lion · 166

73. 쥐와 족제비　The Mice and the Weasels · 168

74. 세 명의 상인　The Three Tradesmen · 172

75. 주인과 개　The Master and His Dogs · 174

76. 조각상을 지고 가는 당나귀　The Ass Carrying the Image · 176

77. 두 여행객과 도끼 The Two Travelers and the Ax · 178

78. 암사자 The Lioness · 180

79. 소년과 개암 The Boy and the Filberts · 182

80. 노동자와 뱀 The Laborer and the Snake · 184

81. 양의 탈을 쓴 늑대 The Wolf in Sheep's Clothing · 186

82. 아픈 수사슴 The Sick Stag · 188

83. 황소와 백정 The Oxen and the Butchers · 190

84. 사자와 쥐와 여우 The Lion, the Mouse, and the Fox · 192

85. 염소지기와 야생 염소 The Goatherd and the Wild Goats · 194

86. 행실이 나쁜 개 The Mischievous Dog · 198

87. 소년과 쐐기풀 The Boy and the Nettles · 200

88. 남자와 두 애인 The Man and His Two Sweethearts · 202

89. 싸움닭과 독수리 The Fighting Cocks and the Eagle · 204

90. 양치기 소년과 늑대 The Shepherd Boy and the Wolf · 206

91. 새끼염소와 늑대 The Kid and the Wolf · 208

92. 박쥐와 족제비 The Bat and the Weasels · 210

93. 숯 굽는 사람과 베 짜는 사람 The Charcoal-Burner and the Fuller · 212

94. 늑대와 두루미 The Wolf and the Crane · 214

95. 헤라클레스와 마부 Hercules and the Wagoner · 216

96. 나그네와 개 The Traveler and His Dog · 218

97. 토끼와 거북이   The Hare and the Tortoise · 220

98. 농부와 황새   The Farmer and the Stork · 222

99. 농부와 뱀   The Farmer and the Snake · 224

100. 새끼사슴과 어미   The Fawn and His Mother · 226

101. 제비와 까마귀   The Swallow and the Crow · 228

102. 요동하는 산   The Mountain in Labor · 230

103. 거북이와 독수리   The Tortoise and the Eagle · 232

104. 파리와 꿀단지   The Flies and the Honeypot · 234

105. 사람과 사자   The Man and the Lion · 236

106. 농부와 두루미   The Farmer and the Cranes · 238

107. 여우와 염소   The Fox and the Goat · 240

108. 곰과 두 나그네   The Bear and the Two Travelers · 244

109. 황소와 굴대   The Oxen and the Axletrees · 246

110. 목마른 비둘기   The Thirsty Pigeon · 248

111. 까마귀와 백조   The Raven and the Swan · 250

112. 염소와 염소지기   The Goat and the Goatherd · 252

113. 병든 사자   The Sick Lion · 254

1
왕자와 사자 그림

어떤 왕에게 전쟁놀이를 좋아하는 외동아들이 있었다. 어느 날, 왕은 아들이 사자에게 죽음을 당할 것이라는 경고를 꿈속에서 받았다. 꿈이 현실이 될까 두려웠던 왕은 아들을 위해 멋진 궁전을 짓고는, 아들을 기쁘게 해주기 위해 실제 크기의 동물 그림으로 벽을 꾸몄다. 그중에는 사자 그림도 있었다. 어린 왕자는 그 그림을 보다가 궁전에 갇히게 된 슬픔이 터져 버렸다. 왕자는 사자 그림 곁으로 가서 말했다. "너는 가장 혐오스러운 동물이구나! 아버지가 자면서 꾼 잘못된 꿈 때문에, 나는 마치 여자아이처럼 이 궁전에 갇히게 되었구나. 이게 다 네 탓이로구나. 너에게 어떻게 해줄까?" 왕자는 그렇게 말하면서 가시나무에 손을 뻗었다. 사자를 때리기 위해 나뭇가지를 꺾으려는 속셈이었다. 하지만 나무의 가시 중 하나에 손가락을 찔린 왕자는 크게 고통스러워했다. 상처는 곧 염증을 유발하였고, 어린 왕자는 기절하여 쓰러졌다. 갑자기 지독한 열병에 걸리게 된 왕자는 얼마 지나지 않아 죽고 말았다.

Lesson

문제를 피하려 하기보다는
용감하게 견뎌 내는 것이 더 낫다.

The King's Son and the Painted Lion

A King, whose only son was fond of martial exercises, had a dream in which he was warned that his son would be killed by a lion. Afraid the dream should prove true, he built for his son a pleasant palace and adorned its walls for his amusement with all kinds of life-sized animals, among which was the picture of a lion. When the young Prince saw this, his grief at being thus confined burst out afresh, and, standing near the lion, he said, "Oh you're most detestable of animals! Through a lying dream of my father's, which he saw in his sleep, I am shut up on your account in this palace as if I had been a girl. What shall I now do to you?" With these words he stretched out his hands toward a thorn tree, meaning to cut a stick from its branches so that he might beat the lion. But one of the tree's prickles pierced his finger and caused great pain and inflammation, so that the young Prince fell down in a fainting fit. A violent fever suddenly set in, from which he died not many days later.

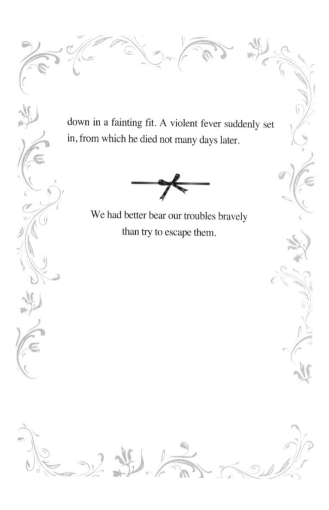

We had better bear our troubles bravely
than try to escape them.

2
고양이와 비너스

잘생기고 젊은 한 남자를 사랑하게 된 고양이는 여성의 모습으로 자신을 바꾸어 달라고 비너스(미와 사랑의 여신)에게 간청했다. 비너스는 고양이의 청을 들어주었고, 그녀는 아름다운 처녀의 모습이 되었다. 젊은이는 아름다운 처녀를 보고 이내 사랑에 빠졌고 그녀를 신부로 맞이했다. 두 사람이 방에 누워 있는 동안, 비너스는 고양이가 모습만이 아니라 생활 습관도 사람처럼 바뀌었는지 알고 싶어서 방 한가운데에 쥐를 놓아두었다. 그러자 바뀐 모습을 까맣게 잊은 처녀가 침대에서 일어나 쥐를 잡아먹으려고 쫓기 시작했다.
비너스는 매우 실망하여 그녀를 원래의
모습으로 다시 되돌려 놓았다.

Lesson

천성은 교육을 앞선다.

The Cat and Venus

A Cat fell in love with a handsome young man, and entreated Venus to change her into the form of a woman. Venus consented to her request and transformed her into a beautiful damsel, so that the youth saw her and loved her, and took her home as his bride. While the two were reclining in their chamber, Venus wishing to discover if the Cat in her change of shape had also altered her habits of life, let down a mouse in the middle of the room. The Cat, quite forgetting her present condition, started up from the couch and pursued the mouse, wishing to eat it. Venus was much disappointed and again caused her to return to her former shape.

Nature exceeds nurture.

Aesop's Fables

3
암염소와 수염

  암염소가 주피터에게 간청하여 수염을 얻자, 숫염소들은 몹시 화가 났다. 그들은 암컷들이 자신들의 위엄에 도전한다며 불평했다. 그러자 주피터가 말했다. "수염이 별거 있나? 가지라고 해! 암염소들이 힘이나 용기에서 너희 숫염소들의 상대가 되지 못하거늘, 그깟 수염으로 공허한 영예를 즐긴들 뭣하겠느냐? 어차피 암염소는 너희 숫염소들의 적수가 되지 못하는데."

Lesson

진가가 떨어지는 자의 외모가 비슷한 것은
문제가 되지 않는다.

The She-Goats and Their Beards

The She-Goats having obtained a beard by request to Jupiter, the He-Goats were sorely displeased and made a complaint that the females equaled them in dignity. "Allow them," said Jupiter, "to enjoy an empty honor and to assume the badge of your nobler sex, so long as they are not your equals in strength or courage."

It matters little if those who are inferior to us in merit should be like us in outside appearances.

4

개와 굴

달걀을 주로 먹던 어떤 개가 굴을 보고는 달걀로 착각해 입을 크게 벌려 꿀꺽 삼키고는 아주 만족해했다. 하지만 이내 심한 복통을 느낀 개가 말했다. "어리석게도 둥근 것은 모두 달걀이라고 여겼으니 이렇게 아파도 싸지."

Lesson

충분히 생각하지 않고 행동하는 사람은
종종 뜻하지 않은 위험에 빠지게 된다.

The Dog and the Oyster

A Dog, used to eating eggs, saw an Oyster and, opening his mouth to its widest extent, swallowed it down with the utmost relish, supposing it to be an egg. Soon afterwards suffering great pain in his stomach, he said, "I deserve all this torment, for my folly in thinking that everything round must be an egg."

They who act without sufficient thought,
will often fall into unsuspected danger.

5
벼룩과 남자

벼룩 한 마리에 매우 짜증이 난 남자가 겨우 벼룩을 잡고는 말했다. "넌 대체 무엇이기에 감히 내 팔다리를 물어 대는 것이냐? 성가셔서 너를 죽여 버려야겠다." 그러자 벼룩이 대답했다. "오, 선생님, 제발 제 목숨을 살려 주세요. 저를 죽이지 마세요. 저는 선생님께 큰 해를 끼치지도 못하잖아요." 남자가 웃으며 말했다. "이제 너는 분명 내 손에 죽을 거야. 크건 작건 유해한 것은 절대로 참아서는 안 되거든."

Lesson

악한 것에 동정심을 낭비하지 마라.

The Flea and the Man

A Man, very much annoyed with a Flea, caught him at last, and said, "Who are you who dare to feed on my limbs, and to cost me so much trouble in catching you?" The Flea replied, "O my dear sir, pray spare my life, and destroy me not, for I cannot possibly do you much harm." The Man, laughing, replied, "Now you shall certainly die by mine own hands, for no evil, whether it be small or large, ought to be tolerated."

Do not waste your pity on scamp.

6
도둑들과 수탉

도둑 몇 명이 어느 집에 침입했지만 수탉 외에 아무것도 찾지 못했다. 결국 이들은 수탉만 훔쳐서는 단숨에 집을 빠져나왔다. 도둑들은 자신들의 집에 도착하자마자 수탉을 죽이려 했다. 그러자 수탉은 자신의 목숨을 구하려고 애원했다. "살려 주세요. 저는 사람들에게 매우 쓸 만해요. 저는 사람들이 일하러 나갈 수 있게 밤에 깨워 준답니다." 그러자 도둑이 말했다. "바로 그것 때문에 더욱더 너를 죽여야 해. 네가 이웃들을 깨우면 우리 일은 완전히 끝나거든."

Lesson

선의의 보호수단이 악의를 가진 사람들에게는
미움을 받을 수 있다.

The Thieves and the Cock

Some Thieves broke into a house and found nothing but a Cock, whom they stole, and got off as fast as they could. Upon arriving at home they prepared to kill the Cock, who thus pleaded for his life "Pray spare me; I am very serviceable to men. I wake them up in the night to their work." "That is the very reason why we must the more kill you," they replied; "for when you wake your neighbors, you entirely put an end to our business."

The safeguards of virtue are hateful to those
with evil intentions.

Aesop's Fables

7
여행객과 플라타너스

한여름, 태양의 열기에 녹초가 된 두 여행객이 넓게 퍼진 플라타너스 가지 아래에 누워 있었다. 두 사람이 그늘에서 느긋하게 쉬고 있을 때 한 여행객이 말했다. "정말 쓸모없는 나무일세! 열매도 안 열리고 인간에게 최소한의 봉사도 하지 않잖아." 그러자 플라타너스가 그의 말을 가로채며 말했다. "감사할 줄 모르는 사람 같으니! 내 덕분에 그늘에서 쉬고 있으면서 어떻게 감히 나를 쓸모없고 이로울 것 없는 나무로 여길 수 있지?"

Lesson

자신이 누리는 최고의 행복을 과소평가하는 사람이 있다.

The Travelers and the Plane Tree

Two Travelers, worn out by the heat of the summer's sun, laid themselves down at noon under the wide-spreading branches of a Plane Tree. As they rested under its shade, one of the Travelers said to the other, "What a singularly useless tree is the Plane! It bears no fruit, and is not of the least service to man." The Plane Tree, interrupting him, said, "You ungrateful fellows! Do you, while receiving benefits from me and resting under my shade, dare to describe me as useless, and unprofitable?"

Some men underrate their best blessings.

8
독사와 줄칼

독사 한 마리가 대장장이의 작업실에 들어와 연장들 사이에서 배고픔을 달랠 것을 찾고 있었다. 독사는 많은 연장들 중에서 줄칼에게 말을 걸며 먹을 것을 달라고 부탁했다. 줄칼이 대꾸했다. "내게서 무언가를 얻으려 기대한다면 당신은 정말로 단순한 친구군요. 나는 모든 사람에게서 무언가를 빼앗는 데는 익숙하지만, 절대로 아무것도 돌려주지 않아요."

Lesson

탐욕스러운 자는 베푸는 것에 인색하다.

The Viper and the File

A Viper, entering the workshop of a smith, sought from the tools the means of satisfying his hunger. He more particularly addressed himself to a File, and asked of him the favor of a meal. The File replied, "You must indeed be a simple-minded fellow if you expect to get anything from me, who am accustomed to take from everyone, and never to give anything in return."

The covetous are poor givers.

9

나귀와 손님

　나귀를 사고 싶었던 한 남자는 나귀를 사기 전, 시험해 볼 수 있도록 주인의 허락을 받았다. 남자는 나귀를 집으로 데리고 와 다른 나귀들과 함께 짚을 깐 우리에 넣어 두었다. 새 나귀는 우리에 들어가자 다른 모든 나귀 곁을 떠나 가장 게으르고 많이 먹는 나귀와 함께했다. 이를 본 남자는 다시 그 나귀에게 고삐를 채워 주인에게 돌려주었다. 이렇게 짧은 시간에 어떻게 나귀를 시험했는지 주인이 묻자 남자가 대답했다.

"시험할 필요는 없어요. 그 나귀는 자신이
친구로 선택한 나귀와 똑같을 테니까요."

Lesson

　사귀는 친구를 보면 그 사람에 대해 알 수 있다.

The Ass and His Purchaser

A man wished to purchase an Ass, and agreed with its owner that he should try out the animal before he bought him. He took the Ass home and put him in the straw yard with his other Asses, upon which the new animal left all the others and at once joined the one that was most idle and the greatest eater of them all. Seeing this, the man put a halter on him and led him back to his owner. On being asked how, in so short a time, he could have made a trial of him, he answered, "I do not need a trial; I know that he will be just the same as the one he chose for his companion."

A man is known by the company he keeps.

Aesop's Fables

10
연못가의 수사슴

뜨거운 태양에 맥이 빠진 수사슴이 물을 마시기 위해 연못으로 갔다. 그곳에서 물에 비친 자신의 그림자를 본 수사슴은 뿔의 크기와 품종에 크게 감탄했지만, 가느다랗고 약한 두 다리에는 화가 났다. 수사슴이 그렇게 자신의 모습을 응시하고 있는데 어느새 근처에 나타난 사자가 쭈그리고 있다가 수사슴에게 껑충 뛰어올랐다. 수사슴은 즉시 도망쳤다. 평탄하고 확 트인 평야가 나타날 때까지 빠르게 달린 수사슴은 사자로부터 안전한 곳에 쉽게 도달했다. 하지만 숲으로 들어서자 뿔이 나무에 걸리고 말았다. 뒤를 쫓아오던 사자는 재빨리 수사슴을 잡아챘다. "아, 슬프구나! 나는 얼마나 나 스스로를 기만했던가! 나를 살려줄 두 다리는 경멸하고 나를 죽음에 이르게 할 이 뿔들을 뽐냈으니." 수사슴은 자책했지만 이미 너무 늦어 버렸다.

Lesson

가장 가치가 있는 것은 종종 과소평가된다.

The Stag at the Pool

A Stag overpowered by heat came to a spring to drink. Seeing his own shadow reflected in the water, he greatly admired the size and variety of his horns, but felt angry with himself for having such slender and weak feet. While he was thus contemplating himself, a Lion appeared at the pool and crouched to spring upon him. The Stag immediately took to flight, and exerting his utmost speed, as long as the plain was smooth and open, kept himself easily at a safe distance from the Lion. But entering a wood he became entangled by his horns, and the Lion quickly came up to him and caught him. When too late, he thus reproached himself. "Woe is me! How I have deceived myself! These feet which would have saved me I despised, and I gloried in these antlers which have proved my destruction."

What is most truly valuable is often underrated.

11
아버지를 묻은 종달새

고대 전설에 따르면 종달새는 땅이 생기기 전부터 존재했다고 한다. 땅이 없었기 때문에, 종달새는 아버지가 죽어도 묻을 곳을 찾지 못했다. 결국 종달새는 5일 동안 아버지를 매장하지 않은 채 그대로 두었다가 6일째 되던 날, 어찌할 바를 몰라서 자신의 머리에 아버지를 묻었다. 그리하여 종달새는 볏이 생겼고, 사람들은 이것이 종달새 아버지의 무덤이라고 말한다.

Lesson

젊은이들의 첫 번째 의무는 부모를 공경하는 것이다.

The Lark Burying Her Father

According to an ancient legend, the Lark was created before the earth itself, and when her father died, as there was no earth, she could find no place of burial for him. She let him lie uninterred for five days, and on the sixth day, not knowing what else to do, she buried him in her own head. Hence she obtained her crest, which is popularly said to be her father's grave-hillock.

Youth's first duty is reverence to parents.

Aesop's Fables

12
각다귀와 황소

한 각다귀가 황소의 뿔에 내려앉아 오랫동안 머물다가 다시
날아가려고 할 때, 윙윙 소리를 내며 황소에게 자신이 가기를 원
하는지 물었다. 황소가 대꾸하길, "난 네가 온 것도 몰랐고, 네
가 간다고 해도 붙잡지 않아."

Lesson

어떤 사람들은 다른 사람의 눈으로 볼 때보다
자신의 눈으로 볼 때 더 중요하다고 생각한다.

The Gnat and the Bull

A Gnat settled on the horn of a Bull, and sat there a long time. Just as he was about to fly off, he made a buzzing noise, and inquired of the Bull if he would like him to go. The Bull replied, "I did not know you had come, and I shall not miss you when you go away."

Some men are of more consequence in their own eyes than in the eyes of their neighbors.

13
개와 짐승 가죽

굶주린 개들이 강에 무수히 많은 소가죽들이 잠겨 있는 것을 발견했다. 소가죽을 잡을 수 없었던 개들은 강물을 다 마셔 버리기로 했다. 하지만 개들은 소가죽에 닿기도 전에 물을 너무 많이 마셔 그만 배가 터져 버리고 말았다.

Lesson

불가능한 것은 꾀하지 마라.

The Dogs and the Hides

Some Dogs famished with hunger saw a number of cowhides steeping in a river. Not being able to reach them, they agreed to drink up the river, but it happened that they burst themselves with drinking long before they reached the hides.

Do not attempt what is impossible.

14
원숭이와 낙타

숲에 사는 동물들이 연 흥겨운 무도회에서 원숭이가 일어나 춤을 추었다. 동물들에게 큰 기쁨을 준 원숭이는 모두의 박수를 받으며 자리에 앉았다. 원숭이에게 칭찬이 쏟아지는 것을 부러워한 낙타는 자신도 동물들의 총애를 받고 싶었다. 자신의 차례에 일어난 낙타는 흥겹게 춤을 추기로 결심했다. 하지만 낙타는 너무나도 터무니없는 동작으로 춤을 추었고, 화가 난 동물들은 몽둥이를 들고서 그 낙타를 위협해 무도회에서 쫓아내 버렸다.

Lesson

자신보다 더 나은 사람을 흉내 내는 것은 어리석은 짓이다.

The Monkey and the Camel

The beasts of the forest gave a splendid entertainment at which the Monkey stood up and danced. Having vastly delighted the assembly, he sat down amidst universal applause. The Camel, envious of the praises bestowed on the Monkey and desiring to divert to himself the favor of the guests, proposed to stand up in his turn and dance for their amusement. He moved about in so utterly ridiculous a manner that the Beasts, in a fit of indignation, set upon him with clubs and drove him out of the assembly.

It is absurd to ape our betters.

Aesop's Fables

15
소작농과 사과나무

　한 소작농의 정원에 사과나무 한 그루가 있었다. 그 사과나무에는 열매라고는 전혀 열리지 않았고 참새와 메뚜기들의 보금자리 역할만을 하고 있었다. 소작농은 결국 이 나무를 베어 버리기로 결심하고 도끼를 들고 와 뿌리를 강하게 내리쳤다. 메뚜기와 참새들은 자신들에게 쉴 곳을 제공하는 그 나무를 베지 않고 남겨 달라고 소작농에게 간청했다. 하지만 소작농은 그들의 말을 전혀 들어주지 않고 도끼로 나무를 두 번, 세 번 내리쳤다. 마침내 그가 비어 있는 나무의 속에 도달했을 때, 꿀로 가득 찬 벌집을 발견했다. 벌집의 맛을 본 소작농은 도끼를 집어 던지고는 소중한 듯이 나무를 바라보았다. 그러고는 그 나무를 잘 돌보았다.

Lesson

　사리사욕에만 움직이는 사람이 있다.

The Peasant and the Apple Tree

A Peasant had in his garden an Apple Tree which bore no fruit but only served as a harbor for the sparrows and grasshoppers. He resolved to cut it down, and taking his ax in his hand, made a bold stroke at its roots. The grasshoppers and sparrows entreated him not to cut down the tree that sheltered them, but to spare it. He paid no attention to their request, but gave the tree a second and a third blow with his ax. When he reached the hollow of the tree, he found a hive full of honey. Having tasted the honeycomb, he threw down his ax, and looking on the tree as sacred, took great care of it.

Self-interest alone moves some men.

16
종달새와 새끼들

종달새가 이른 봄, 어린 녹색 밀밭에 둥지를 틀었다. 새끼 종달새들은 거의 다 자라 날개를 사용할 수 있었고 깃털도 다 자랐다. 이때 밀밭 주인은 자신의 익은 곡식을 바라보며 말했다. "이웃들에게 수확을 도와 달라고 부탁할 때가 왔군." 새끼 종달새 중 한 마리가 이 말을 듣고는 엄마에게 안전을 위해 어디로 이사를 가야 하는지 물었다. "아직은 이사할 때가 아니란다, 아들아." 엄마가 대답했다. "수확을 도와 달라고 그저 친구들에게 심부름꾼을 보내는 사람은 실제로는 그렇게 하려는 것이 아니란다." 며칠 후 밀밭 주인이 다시 와서는 과도하게 익어 낟알이 떨어지고 있는 밀을 보았다. 그는 말했다. "내일은 나의 일꾼들과 내가 고용할 수 있는 최대한 많은 수확 일꾼들을 데리고 와서 직접 수확을 해야겠군." 이 말을 들은 종달새는 새끼들에게 말했다. "얘들아, 이제 떠날 시간이다. 이번에는 저 사람이 진지한 것 같다. 그는 이제 더 이상 친구들을 믿지 않고 직접 밀밭을 추수할 거야."

스스로 노력하는 것이 최선의 도움이다.

The Lark and Her Young Ones

A Lark had made her nest in the early spring on
the young green wheat. The brood had almost
grown to their full strength and attained the use of
their wings and the full plumage of their feathers,
when the owner of the field, looking over his ripe
crop, said, "The time has come when I must ask all
my neighbors to help me with my harvest." One of
the young Larks heard his speech and related it to
his mother, inquiring of her to what place they
should move for safety. "There is no occasion to
move yet, my son," she replied; "the man who only
sends to his friends to help him with his harvest is
not really in earnest." The owner of the field came
again a few days later and saw the wheat shedding
the grain from excess of ripeness. He said, "I will
come myself tomorrow with my laborers, and with
as many reapers as I can hire, and will get in the
harvest." The Lark on hearing these words said to

her brood, "It is time now to be off, my little ones, for the man is in earnest this time; he no longer trusts his friends, but will reap the field himself."

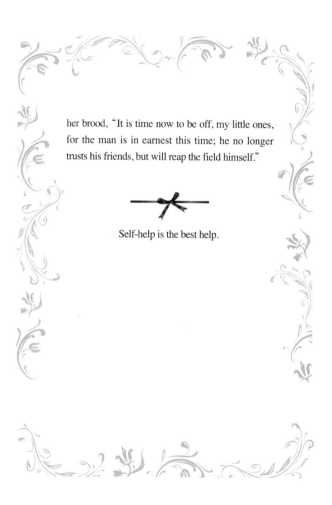

Self-help is the best help.

Aesop's Fables

17
여우와 사자

아직까지 한 번도 사자를 본 적이 없는 여우가 숲에서 처음으로 사자를 만나게 되었을 때, 여우는 너무 두려워 죽을 것만 같았다. 두 번째로 사자를 만났을 때, 여우는 여전히 너무 놀랐지만, 처음처럼 죽을 것 같지는 않았다. 세 번째로 사자를 만났을 때, 여우는 배짱이 늘어 사자에게 다가가 다정하게 말을 주고받기 시작했다.

Lesson

친숙하면 편견이 줄어든다.

The Fox and the Lion

When a Fox who had never yet seen a Lion, fell in with him by chance for the first time in the forest, he was so frightened that he nearly died with fear. On meeting him for the second time, he was still much alarmed, but not to the same extent as at first. On seeing him the third time, he so increased in boldness that he went up to him and commenced a familiar conversation with him.

Acquaintance softens prejudices.

Aesop's Fables

18
목욕하는 소년

강에서 목욕을 하던 한 소년이 물에 빠질 위기에 처했다. 소년은 지나가는 여행객에게 도와 달라고 소리쳤지만, 여행객은 도움의 손길을 내밀진 않고 무관심하게 서서 부주의한 소년의 행동을 꾸짖기만 했다. "아저씨!" 소년이 울부짖었다. "제발, 지금은 저를 도와주시고 나중에 나무라세요."

Lesson

도움이 없는 충고는 소용이 없다.

– 모든 일에는 때가 있는 법!

The Boy Bathing

A boy bathing in a river was in danger of being drowned. He called out to a passing traveler for help, but instead of holding out a helping hand, the man stood by unconcernedly, and scolded the boy for his imprudence. "Oh, sir!" cried the youth, "pray help me now and scold me afterwards."

Counsel without help is useless.

19
남편과 아내

한 남자에게는 가족 모두에게 눈총을 받는 아내가 있었다. 남자는 아내가 친정집에서도 미움을 받을지 알아보기 위해 장인어른을 찾아가 그 집으로 아내를 보낼 핑계를 댔다. 남편은 아내가 친정에 갔다가 돌아오자 그동안 어떻게 지냈으며 하인들이 그녀를 어떻게 대했는지를 물었다. 그러자 아내가 답했다. "목동과 양치기는 나를 향해 혐오하는 표정을 지었어요." 그 말을 듣고 남편이 말했다. "동물들을 데리고 아침 일찍 나갔다가 저녁 늦게 돌아오는 사람들에게도 미움을 받았다면, 하루 종일 당신과 마주치는 사람들은 당신을 어떻게 생각했을까!"

Lesson

지푸라기를 보면 바람이 어떻게 부는지를 알 수 있다.

The Man and His Wife

A Man had a Wife who made herself hated by all the members of his household. Wishing to find out if she had the same effect on the persons in her father's house, he made some excuse to send her home on a visit to her father. After a short time she returned, and when he inquired how she had got on and how the servants had treated her, she replied, "The herdsmen and shepherds cast on me looks of aversion." He said, "O Wife, if you were disliked by those who go out early in the morning with their flocks and return late in the evening, what must have been felt towards you by those with whom you passed the whole day!"

Straws show how the wind blows.

20
늑대와 여우와 원숭이

늑대가 여우를 도둑으로 고발했지만 여우는 혐의를 완전히 부인했다. 원숭이가 이들 사이의 문제를 재판하는 역할을 맡았다. 늑대와 여우가 자신들의 입장을 충분히 주장했을 때 원숭이는 다음과 같은 판결을 내렸다. "늑대 양반, 나는 당신이 말하는 물건을 잃어버리지 않았다고 생각하오. 여우 양반, 나는 당신이 완강히 부인하는 것을 훔쳤다고 믿소."

Lesson

정직하지 못한 사람은 정직하게 행동할 때조차
신용을 얻지 못한다.

The Wolf, the Fox, and the Ape

A Wolf accused a Fox of theft, but the Fox entirely denied the charge. An Ape undertook to adjudge the matter between them. When each had fully stated his case, the Ape announced this sentence. "I do not think you, Wolf, ever lost what you claim; and I do believe you, Fox, to have stolen what you so stoutly deny."

The dishonest, even if they act honestly,
get no credit.

21
사자와 세 마리의 황소

세 마리의 황소가 오랫동안 함께 풀을 뜯고 있었다. 이들을 먹잇감으로 생각하고 있는 사자 한 마리가 매복해 있었지만, 세 마리가 붙어 있을 때 공격하기에는 너무나 두려웠다. 마침내 교활한 말로 황소들을 떼어 놓는 데 성공한 사자는 그들이 홀로 먹이를 먹고 있을 때 두려움 없이 이들을 공격해 한 마리씩 편안하게 포식했다.

Lesson

뭉치면 산다.

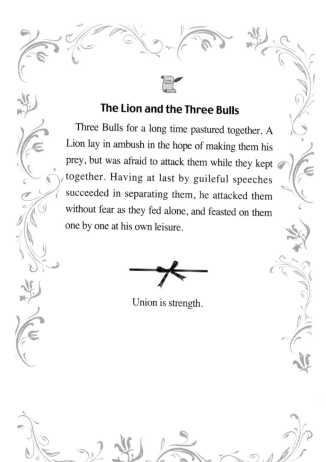

The Lion and the Three Bulls

Three Bulls for a long time pastured together. A Lion lay in ambush in the hope of making them his prey, but was afraid to attack them while they kept together. Having at last by guileful speeches succeeded in separating them, he attacked them without fear as they fed alone, and feasted on them one by one at his own leisure.

Union is strength.

22
맹인과 짐승 새끼

동물들을 손으로 만져 보고 구별하는 데 익숙한 맹인이 있었다. 사람들은 늑대 새끼를 데려와 이것을 만져 보고 무엇인지 맞춰 보라고 했다. 맹인은 새끼를 만져 보고는 미심쩍어하며 말했다. "이것이 여우 새끼인지 늑대 새끼인지는 잘 모르겠으나, 이것만은 확실히 알겠소. 이 동물을 양 우리에 두면 결코 안전하지 않을 것이오."

Lesson

나쁜 습성은 어렸을 때부터 드러나는 법이다.

The Blind Man and the Whelp

A Blind Man was accustomed to distinguishing different animals by touching them with his hands. The whelp of a Wolf was brought him, with a request that he would feel it, and say what it was. He felt it, and being in doubt, said, "I do not quite know whether it is the cub of a Fox, or the whelp of a Wolf, but this I know full well. It would not be safe to admit him to the sheepfold."

Evil tendencies are shown in early life.

Aesop's Fables

23
개와 여우

    사자 가죽을 발견한 개들은 이빨로 그 가죽을 갈기갈기 찢어 놓기 시작했다. 이를 본 여우가 말했다. "이 사자가 살아 있었다면 너희들은 그 사자의 발톱이 너희의 이빨보다 더 강하다는 것을 금방 알게 되었을 거야."

Lesson

약한 위치에 처한 사람에게 발길질을 하는 것은 쉽다.

– 자기보다 약하거나 못한 사람에게
강하게 군림하는 사람들을 꼬집는 이야기

The Dogs and the Fox

Some Dogs, finding the skin of a lion, began to tear it in pieces with their teeth. A Fox, seeing them, said, "If this lion were alive, you would soon find out that his claws were stronger than your teeth."

It is easy to kick a man that is down.

Aesop's Fables

24
늑대와 말

귀리 밭에서 나오던 늑대 한 마리가 말을 만나자 이렇게 말했다. "저 밭으로 가라고 조언해 줄게. 저곳은 질 좋은 귀리로 가득 차 있는데 나는 널 위해 건드리지도 않았지. 친구로서 네가 맛있게 먹는 소리를 들으면 좋을 것 같아서 말이야." 말이 대답했다. "만약 귀리가 늑대의 먹이였다면 너는 배를 곯으면서까지 네 귀를 만족시키려고 하지는 않았을 거야."

Lesson

평판이 나쁜 사람은 선행을 베풀어도
이에 대한 칭찬을 받지 못한다.

The Wolf and the Horse

A Wolf coming out of a field of oats met a Horse and thus addressed him, "I would advise you to go into that field. It is full of fine oats, which I have left untouched for you, as you are a friend whom I would love to hear enjoying good eating." The Horse replied, "If oats had been the food of wolves, you would never have indulged your ears at the cost of your belly."

Men of evil reputation, when they perform a good deed, fail to get credit for it.

Aesop's Fables

25
북풍과 태양

　누가 더 강한지를 다투던 북풍과 태양은 여행하던 남자의 옷을 먼저 벗기는 쪽이 이기는 것으로 결정을 했다. 북풍이 먼저 힘을 자랑하기 위해 온 힘을 다해 바람을 일으켰지만, 바람이 강할수록 여행객은 외투를 더 단단히 여밀 뿐이었다. 마침내 승리에 대한 희망을 포기한 북풍이 태양에게 무엇을 할 수 있는지 보여 달라고 했다. 그러자 태양은 갑자기 햇볕을 쨍쨍 내리쬐기 시작했다. 여행객은 따가운 햇살을 느끼자 옷을 하나씩 벗기 시작했다. 마침내 열기를 못 이긴 여행객은 옷을 모두 벗어 던지고 길가에 있는 시냇물에서 몸을 씻었다.

Lesson

　설득이 강요보다 낫다.

The North Wind and the Sun

The North Wind and the Sun disputed as to which was the most powerful, and agreed that he should be declared the victor who could first strip a wayfaring man of his clothes. The North Wind first tried his power and blew with all his might, but the keener his blasts, the closer the Traveler wrapped his cloak around him, until at last, resigning all hope of victory, the Wind called upon the Sun to see what he could do. The Sun suddenly shone out with all his warmth. The Traveler no sooner felt his genial rays than he took off one garment after another, and at last, fairly overcome with heat, undressed and bathed in a stream that lay in his path.

Persuasion is better than force.

Aesop's Fables

26
사자와 여우와 당나귀

사자, 여우, 당나귀는 사냥할 때 서로 도와주기로 했다. 커다란 노획물을 확보한 사자는 숲에서 돌아오는 길에 약속대로 서로가 나눌 고기 중 정당한 자신의 몫을 나누어 달라고 당나귀에게 요청했다. 당나귀는 먹이를 조심스럽게 셋으로 똑같이 나눈 다음 다른 두 동물에게 먼저 선택하라고 겸손하게 말했다. 사자는 크게 화를 내며 당나귀를 잡아먹었다. 그런 다음 여우에게 먹이를 나누도록 부탁했다. 여우는 이들이 사냥한 모든 먹이를 한 덩어리로 크게 쌓고 자신에게는 아주 적은 양을 남겼다. 사자가 말했다. "정말 멋진 친구야, 이렇게 예술적으로 나누는 법은 누가 가르쳐 주었니? 정말 완벽하게 나눴구나." 여우가 대꾸했다. "당나귀에게 배웠지. 그의 죽음을 목격했으니 말이야."

Lesson

행복은 다른 사람의 불행을 보고 배우는 사람에게 있다.

The Lion, the Fox, and the Ass

The Lion, the Fox and the Ass entered into an agreement to assist each other in the chase. Having secured a large booty, the Lion on their return from the forest asked the Ass to allot his due portion to each of the three partners in the treaty. The Ass carefully divided the spoil into three equal shares and modestly requested the two others to make the first choice. The Lion, bursting out into a great rage, devoured the Ass. Then he requested the Fox to do him the favor to make a division. The Fox accumulated all that they had killed into one large heap and left to himself the smallest possible morsel. The Lion said, "Who has taught you, my very excellent fellow, the art of division? You are perfect to a fraction." He replied, "I learned it from the Ass, by witnessing his fate."

Happy is the man who learns from the
misfortunes of others.

참나무와 나무꾼

나무꾼이 산에 있는 참나무를 베고는 몸통을 나누기 위해 가지를 쐐기모양으로 만들어 나무를 조각냈다. 참나무가 한숨을 쉬며 말했다. "내 뿌리들이 도끼에 맞는 것은 상관없어. 하지만 내 가지로 만든 이런 쐐기로 조각조각 찢기는 건 정말 비통하구나."

Lesson

자신에게서 비롯된 불행이 가장 견디기 힘들다.

The Oak and the Woodcutter

The Woodcutter cut down a Mountain Oak and split it in pieces, making wedges of its own branches for dividing the trunk. The Oak said with a sigh, "I do not care about the blows of the ax aimed at my roots, but I do grieve at being torn in pieces by these wedges made from my own branches."

Misfortunes springing from ourselves are
the hardest to bear.

28
당나귀와 개구리

나무 한 짐을 지고 가던 당나귀가 연못을 지나고 있었다. 천천히 물을 건너던 당나귀는, 그만 발을 헛디뎌 비틀거리다가 넘어지고 말았다. 짐 때문에 일어날 수 없자, 당나귀는 크게 신음했다. 연못을 자주 지나던 개구리 몇 마리가 당나귀의 한탄 소리를 듣고는 말했다. "고작 물에 빠진 걸로 저렇게 투덜거리니, 우리처럼 항상 이곳에 살아야 한다면 어떻게 할까?"

Lesson

사람들은 종종 큰 불행에 처했을 때보다
약간의 어려움에 처했을 때 이것을 견디지 못한다.

The Ass and the Frogs

An Ass, carrying a load of wood, passed through a pond. As he was crossing through the water he lost his footing, stumbled and fell, and not being able to rise on account of his load, groaned heavily. Some Frogs frequenting the pool heard his lamentation, and said, "What would you do if you had to live here always as we do, when you make such a fuss about a mere fall into the water?"

Men often bear little grievances with less courage than they do large misfortunes.

29
까마귀와 갈까마귀

까마귀는 길조로 여겨져 항상 사람들의 관심을 받는 갈까마귀가 부러웠다. 사람들은 갈까마귀가 나는 것을 보고 미래의 좋고 나쁨을 예측했다. 여행객 몇 명이 다가오는 것을 본 까마귀는 나무 위로 날아올라 한 나뭇가지에 걸터앉았다. 그러고는 할 수 있는 한 크게 깍깍 울었다. 여행객들은 소리가 나는 쪽을 돌아보며 이 소리가 예언하는 것이 무엇일지 궁금해했다. 그때 여행객 중 한 사람이 동료들에게 말했다. "계속 여행하지, 친구. 이건 단지 까마귀 울음소리일 뿐이잖아. 어떤 징조도 아니라고."

Lesson

자신이 가지고 있지 않은 것을 가지고 있는 것처럼 꾸미는
사람들은 자신을 우스꽝스럽게 만들 뿐이다.

The Crow and the Raven

A Crow was jealous of the Raven, because he was considered a bird of good omen and always attracted the attention of men, who noted by his flight the good or evil course of future events. Seeing some travelers approaching, the Crow flew up into a tree, and perching herself on one of the branches, cawed as loudly as she could. The travelers turned towards the sound and wondered what it foreboded, when one of them said to his companion, "Let us proceed on our journey, my friend, for it is only the caw of a crow, and her cry, you know, is no omen."

Those who assume a character which does not belong to them, only make themselves ridiculous.

30
게와 여우

게 한 마리가 해변을 떠나 근처에 있는 푸른 목초지에서 먹이를 찾기로 결심했다. 그때 마침 매우 배가 고팠던 여우 한 마리가 게에게 다가가 잡아먹으려 하였다. 막 잡아먹히려는 순간에 게가 말했다. "죽을 운명에 처해도 싸지. 나는 본래 바다에만 적응하게 되어 있었는데 뭣 때문에 육지에 올라온 거지?"

Lesson

자신이 사는 곳에 대해 만족하는 것이 행복의 요소이다.

The Crab and the Fox

A Crab, forsaking the seashore, chose a neighboring green meadow as its feeding ground. A Fox came across him, and being very hungry ate him up. Just as he was on the point of being eaten, the Crab said, "I well deserve my fate, for what business had I on the land, when by my nature and habits I am only adapted for the sea?"

Contentment with our lot is
an element of happiness.

31
당나귀와 나이 든 양치기

목초지에서 풀을 뜯고 있는 당나귀를 지켜보던 양치기는 갑작스러운 적의 울음소리에 깜짝 놀랐다. 양치기는 둘 다 잡히기 전에 당나귀에게 함께 도망치자고 했다. 하지만 당나귀는 느긋하게 말했다. "내가 왜 그래야 하죠? 적에게 붙잡히면 내게 두 배의 짐바구니를 얹을 거라고 생각하세요?" "아니." 양치기가 답했다. "그렇다면, 내가 짐바구니를 나르는 한 누구에게 봉사하든 무슨 상관이 있겠어요?"

Lesson

정부가 변해도 가난한 사람에게는 지배자의 이름 외에 어떤 것도 변하는 것이 없다.

The Ass and the Old Shepherd

A Shepherd, watching his Ass feeding in a meadow, was alarmed all of a sudden by the cries of the enemy. He appealed to the Ass to fly with him, lest they should both be captured, but the animal lazily replied, "Why should I, pray? Do you think it likely the conqueror will place on me two sets of panniers?" "No," rejoined the Shepherd. "Then," said the Ass, "as long as I carry the panniers, what matters it to me whom I serve?"

In a change of government the poor change nothing beyond the name of their master.

Aesop's Fables

32
솔개와 백조

옛날에는 백조뿐만 아니라 솔개도 노래를 부를 수 있는 특권이 있었다. 하지만 말의 울음소리를 듣고 넋이 나간 솔개들은 그 울음소리를 똑같이 내고자 했다. 결국 말의 울음소리를 내려던 솔개들은 노래하는 법을 잊어버리게 되었다.

Lesson

있지도 않은 이득에 대한 욕구는 종종 현재 가지고 있는
좋은 점을 잃어버리게 한다.

The Kites and the Swans

The Kites of olden times, as well as the Swans, had the privilege of song. But having heard the neigh of the horse, they were so enchanted with the sound, that they tried to imitate it; and, in trying to neigh, they forgot how to sing.

The desire for imaginary benefits often involves the loss of present blessings.

Aesop's Fables

33
토끼와 여우

독수리들과 싸움을 하던 토끼들이 여우에게 도와 달라고 청했다. 그러자 여우는 대답했다. "만약 너희들이 누구인지 또 누구와 싸우는지 몰랐다면 우리는 기꺼이 너희들을 도왔을 거야."

Lesson

확약을 하기 전에 손실을 따져 보라.

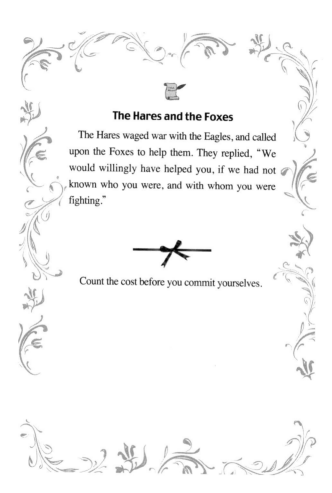

The Hares and the Foxes

The Hares waged war with the Eagles, and called upon the Foxes to help them. They replied, "We would willingly have helped you, if we had not known who you were, and with whom you were fighting."

Count the cost before you commit yourselves.

84
궁수와 사자

실력이 무척 좋은 궁수가 사냥감을 찾아 산에 갔지만, 그가 오는 것을 알고 숲 속의 모든 동물들이 재빨리 달아나 버렸다. 그런데 사자만이 홀로 남아 궁수에게 도전장을 내밀었다. 궁수가 즉시 화살을 쏘며 사자에게 말했다. "너에게 심부름꾼을 보낼 거야. 내가 널 어떻게 공격할지 그 심부름꾼을 통해 알 수 있겠지." 화살에 상처 입은 사자는 크게 두려워하며 도망갔다. 이 모든 광경을 지켜보던 여우가 사자에게로 가서 용기를 내고 첫 공격에서 뒷걸음질을 치지 말라고 말했다. 그러자 사자가 답했다. "네가 아무리 조언해도 소용없어. 궁수가 보낸 심부름꾼이 그렇게 무시무시하다면 그가 직접 공격할 때는 내가 어떻게 견딜 수 있겠어?"

Lesson

멀리서 공격할 수 있는 상대를 조심하라.

The Bowman and Lion

A very skillful Bowman went to the mountains in search of game, but all the beasts of the forest fled at his approach. The Lion alone challenged him to combat. The Bowman immediately shot out an arrow and said to the Lion, "I send you my messenger, that from him you may learn what I myself shall be when I assail you." The wounded Lion rushed away in great fear, and when a Fox who had seen it all happen told him to be of good courage and not to back off at the first attack. The Lion replied, "You counsel me in vain; for if he sends so fearful a messenger, how shall I abide the attack of the man himself?"

Be on guard against men who can strike
from a distance.

35
낙타

인간이 처음 낙타를 보았을 때, 낙타의 어마어마한 몸집에 매우 놀라 도망갔다. 얼마 지나지 않아서 낙타의 성질이 얌전하고 온순하다는 것을 안 인간은 용기를 내어 낙타에게 다가갔다. 곧 낙타가 정신적으로 완전히 부족한 동물이라는 것을 알아챈 인간은 대담하게도 낙타의 입에 고삐를 채우고 어린아이에게 낙타를 몰도록 하였다.

Lesson

쓰임새는 두려움을 극복하게 만든다.

The Camel

When man first saw the Camel, he was so frightened at his vast size that he ran away. After a time, perceiving the meekness and gentleness of the beast's temper, he summoned courage enough to approach him. Soon afterwards, observing that he was an animal altogether deficient in spirit, he assumed such boldness as to put a bridle in his mouth, and to let a child drive him.

Use serves to overcome dread.

Aesop's Fables

36
개와 토끼

언덕에서 토끼를 몰기 시작한 사냥개는 얼마 동안 토끼를 쫓아간 끝에 토끼를 잡을 수 있었다. 사냥개는 목숨을 빼앗으려는 듯이 이빨로 토끼를 꽉 물면서, 다른 개와 장난치는 것처럼 꼬리를 흔들었다. 토끼가 개에게 말했다. "네가 나에게 진실하게 행동해 주었으면 좋겠어. 그리고 너의 정체를 드러냈으면 해. 네가 친구라면 왜 그렇게 꽉 깨무는 거야? 친구가 아니라 적이라면 왜 나에게 꼬리 치는 거지?"

Lesson

신뢰할 수 있을지 없을지를 알 수 없다면
누구도 친구가 될 수 없다.

The Dog and the Hare

A Hound having started a Hare on the hillside pursued her for some distance, at one time biting her with his teeth as if he would take her life, and at another fawning upon her, as if in play with another dog. The Hare said to him, "I wish you would act sincerely by me, and show yourself in your true colors. If you are a friend, why do you bite me so hard? If an enemy, why do you fawn on me?"

No one can be a friend if you know not whether to trust or distrust him.

Aesop's Fables

37
황소와 어린 송아지

황소 한 마리가 마구간으로 이어지는 좁은 통로로 몸을 밀어 넣으려고 온 힘을 다해 애쓰고 있었다. 이때 어린 송아지 한 마리가 다가오더니 자신이 먼저 가도록 해주면 이 통로를 지나갈 수 있는 방법을 보여 주겠다고 제안했다. "괜한 수고 말아." 황소가 말했다. "네가 태어나기 전부터 그 방법은 나도 알고 있다고."

Lesson

주제넘게 연장자를 가르치려 하지 마라.

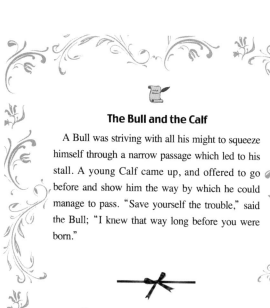

The Bull and the Calf

A Bull was striving with all his might to squeeze himself through a narrow passage which led to his stall. A young Calf came up, and offered to go before and show him the way by which he could manage to pass. "Save yourself the trouble," said the Bull; "I knew that way long before you were born."

Do not presume to teach your elders.

38
수사슴과 늑대와 양

수사슴이 양에게 밀 한 포대를 빌려 달라고 부탁하면서 늑대가 보증인이 되어줄 것이라고 말했다. 속임수가 있을까 봐 두려웠던 양은 이렇게 말했다. "늑대는 늘 자신이 원하는 것을 얻고 달아나 버리곤 하지. 너 역시 발이 빠르니 나 정도야 재빨리 앞지를 수 있을 거야. 그런데 밀을 갚을 날이 됐을 때 내가 어떻게 널 찾을 수 있겠어?"

Lesson

검정이 둘 모여도 한 개의 백을 만들 수 없다.

The Stag, the Wolf, and the Sheep

A Stag asked a Sheep to lend him a measure of wheat, and said that the Wolf would be his surety. The Sheep, fearing some fraud was intended, excused herself, saying, "The Wolf is accustomed to seize what he wants and to run off; and you, too, can quickly outstrip me in your rapid flight. How then shall I be able to find you, when the day of payment comes?"

Two blacks do not make one white.

Aesop's Fables

39
공작과 두루미

우아한 꼬리를 활짝 펼치고 있던 공작이 지나가던 두루미의 잿빛 깃털을 조롱하면서 이렇게 놀려 댔다. "나는 왕처럼 금색과 자주색, 무지개색으로 된 옷을 입고 있는데, 너는 날개에 색이라고는 전혀 없구나." "맞아." 두루미가 답했다. "하지만 나는 별들에게까지 들릴 만큼 목소리를 높일 수도 있고 하늘 높이 날아오를 수도 있어. 하지만 너는 지저분한 곳에 사는 새들 사이에서 수탉처럼 그곳을 걸어 다니고 있지."

Lesson

깃털이 아름답다고 아름다운 새가 되는 것은 아니다.

The Peacock and the Crane

A Peacock spreading its gorgeous tail mocked a Crane that passed by, ridiculing the ashen hue of its plumage and saying, "I am robed, like a king, in gold and purple and all the colors of the rainbow; while you have not a bit of color on your wings."

"True," replied the Crane; "but I soar to the heights of heaven and lift up my voice to the stars, while you walk below, like a cock, among the birds of the dunghill."

Fine feathers don't make fine birds.

도둑과 여관 주인

한 도둑이 여관에 방을 얻고는, 여관비를 낼 수 있는 무언가를 훔칠 요량으로 며칠을 묵었다. 며칠을 헛되이 보낸 도둑은 여관 주인이 좋아 보이는 새 코트를 입고 문 앞에 앉아 있는 것을 보게 되었다. 도둑은 주인의 옆에 앉아서 그에게 말을 걸었다. 대화가 지루해지기 시작하자, 도둑은 심하게 하품을 하면서 늑대처럼 울부짖었다. 여관 주인이 말했다. "왜 그렇게 무섭게 울부짖는 건가요?" "제가 말씀드리죠." 도둑이 말했다. "하지만 먼저 제 옷을 잡고 있어 주세요. 그렇지 않으면 제가 옷을 찢어 버릴 테니까요. 제가 하품하는 이런 습관을 언제 갖게 되었는지, 이렇게 울부짖으며 공격하는 것이 내 죄에 대한 벌로 나에게 내려진 것인지 아니면 다른 이유가 있는 것인지는 알 수 없어요. 하지만 이것만은 알아요. 제가 세 번째 하품을 하고 나면 저는 사실 늑대로 변해서 사람을 공격한답니다." 이렇게 말하며 도둑은 두 번째 하품을 하고 첫 번째와 마찬가지로 다시 늑대처럼 울부짖었다. 그의 이야기를 믿어 버린 여관 주인은 크게 놀라 자리

에서 일어나 달아나려고 했다. 도둑은 그의 코트를 잡으며 가지 말라고 간청했다. "제발 기다려 주세요. 제 옷을 잡고 있어 주세요. 안 그러면 제가 늑대로 변했을 때 격분해서 옷을 갈기갈기 찢어 버릴 거예요." 그러면서 그는 세 번째 하품을 하고 무섭게 울부짖었다. 자신이 공격받을 것이 두려워진 여관 주인은 새 코트를 도둑의 손에 남겨 두고 여관 안으로 급하게 달려 들어갔다. 그러자 도둑은 그 코트를 가지고 급히 달아나 다시는 여관으로 돌아오지 않았다.

Lesson

모든 이야기를 믿어서는 안 된다.

The Thief and the Innkeeper

A Thief hired a room in a tavern and stayed a while in the hope of stealing something which should enable him to pay his reckoning. When he had waited some days in vain, he saw the Innkeeper dressed in a new and handsome coat and sitting before his door. The Thief sat down beside him and talked with him. As the conversation began to flag, the Thief yawned terribly and at the same time howled like a wolf. The Innkeeper said, "Why do you howl so fearfully?" "I will tell you," said the Thief, "but first let me ask you to hold my clothes, or I shall tear them to pieces. I know not, sir, when I got this habit of yawning, nor whether these attacks of howling were inflicted on me as a judgment for my crimes, or for any other cause; but this I do know, that when I yawn for the third time, I actually turn into a wolf and attack men." With this speech he commenced a second fit of yawning and again howled like a wolf, as he had at first. The Innkeeper. hearing his tale and believing what he said, became greatly alarmed and, rising from his seat, attempted to run away. The Thief laid hold of his coat and entreated him to stop, saying, "Pray wait, sir, and hold my clothes, or I shall tear them to pieces in my fury, when I turn into a wolf." At the same moment he yawned the third time and set up a terrible howl. The Innkeeper, frightened lest he should be attacked, left his new coat in the Thief's hand and ran as fast as he could into the inn for safety. The Thief made off with the coat and did not return again to the inn.

Every tale is not to be believed.

41
까마귀와 물주전자

갈증으로 거의 죽어 가고 있던 까마귀가 한때는 물로 가득 차 있었던 물주전자를 발견했다. 하지만 까마귀가 물주전자 주둥이에 부리를 집어넣었을 때는 물이 거의 남아 있지 않았다. 또 물을 마실 만큼 부리가 아래까지 충분히 닿지도 않았다. 까마귀는 계속해서 노력했지만, 결국은 절망하여 포기하고 말았다. 그때 한 가지 생각이 떠올랐다. 까마귀는 조약돌을 가져와 물주전자 안으로 떨어뜨렸다. 마침내 까마귀는 물이 가까이까지 올라온 것을 보았다. 돌을 몇 개 더 던진 후 까마귀는 목마름을 해결하고 목숨도 구할 수 있었다.

Lesson

필요는 발명의 어머니이다.

The Crow and the Pitcher

A Crow, half-dead with thirst, came upon a Pitcher which had once been full of water; but when the Crow put its beak into the mouth of the Pitcher he found that only very little water was left in it, and that he could not reach far enough down to get at it. He tried, and he tried, but at last had to give up in despair. Then a thought came to him, and he took a pebble and dropped it into the Pitcher. At last, he saw the water mount up near him, and after casting in a few more pebbles he was able to quench his thirst and save his life.

Necessity is the mother of invention.

개구리 두 마리

　　　　　　개구리 두 마리가 서로 이웃해 살고 있었다.
한 마리는 사람들 눈에 띄지 않는 멀리 떨어진
깊은 연못에 살았고, 다른 한 마리는 물이 약간
고인 시골길 도랑에 살고 있었다. 연못에 사는 개구리는 친구 개
구리에게 거주지를 바꾸라고 충고하면서 자신과 함께 살자고
했다. 좀 더 안전한 곳에서 지금보다 더 풍성한 음식을 먹으면서
살아갈 수 있을 것이라고 친구 개구리를 설득했다. 하지만 친구
개구리는 익숙해진 곳을 떠나는 것은 매우 힘들다며 거절했다.
며칠 후, 무거운 짐을 실은 마차가 도랑을 지나갔고 친구 개구리
는 결국 그 바퀴에 깔려 죽고 말았다.

Lesson

　　고집이 센 사람은 자승자박의 결과를 얻게 된다.

The Two Frogs

Two Frogs were neighbors. One inhabited a deep pond, far removed from public view; the other lived in a gully containing little water, and traversed by a country road. The Frog that lived in the pond warned his friend to change his residence and entreated him to come and live with him, saying that he would enjoy greater safety from danger and more abundant food. The other refused, saying that he felt it so very hard to leave a place to which he had become accustomed. A few days afterwards a heavy wagon passed through the gully and crushed him to death under its wheels.

A willful man will have his way to his own hurt.

Aesop's Fables

43
여우와 원숭이

여우와 원숭이가 같은 길을 함께 여행하고 있었다. 여행을 하던 중 이들은 기념비로 가득한 묘지를 지나게 되었다. "네가 보는 이 기념비들은 모두 나의 조상들을 기념하여 세워진 거야. 그분들은 그 당시에 대단한 명성을 떨친 자유민이자 시민이었지." 원숭이가 말했다. 그러자 여우가 말했다. "너는 거짓말하기에 아주 적합한 주제를 골랐구나. 네 조상들 중 그 누구도 네 말을 반박할 수 없을 테니까 말이야."

Lesson

터무니없는 이야기는 대개 들통이 나기 마련이다.

The Fox and the Monkey

A Fox and a Monkey were traveling together on the same road. As they journeyed, they passed through a cemetery full of monuments. "All these monuments which you see," said the Monkey, "are erected in honor of my ancestors, who were in their day freedmen and citizens of great renown." The Fox replied, "You have chosen a most appropriate subject for your falsehoods, as I am sure none of your ancestors will be able to contradict you."

A false tale often betrays itself.

Aesop's Fables

44

벌과 주피터

히메투스 산에서 온 여왕벌이 자신의 벌집에서 갓 짜낸 꿀을
주피터에게 바치기 위해 올림퍼스 산에 올랐다. 주피터는 꿀을
받고 기뻐하며 여왕벌이 부탁하는 것은 무엇이든지 들어주겠다
고 약속했다. 여왕벌은 주피터에게 "사람들이 제 꿀을 가져가려
고 다가오면 죽일 수 있도록 침을 주세요."라고 간청했다. 주피
터는 인류를 사랑했기 때문에 내키진 않았지만, 자신이 한 약속
때문에 여왕벌의 요청을 거절할 수 없었다. 결국 주피터는 여왕
벌에게 답했다. "너의 요청을 들어주겠다. 하지만 그것을 사용
하려면 네 목숨을 걸어야 한다. 침을 사용하게 되면 침은 네가
만든 상처에 남아 있게 되고 그것을 잃은 너는 죽게 될 것이다."

Lesson

닭들이 해가 지면 보금자리로 찾아 들어오듯이
악한 바람은 자신에게 돌아오기 마련이다. – 누워서 침 뱉기

The Bee and Jupiter

A Bee from Mount Hymettus, the queen of the hive, ascended to Olympus to present Jupiter some honey fresh from her combs. Jupiter, delighted with the offering of honey, promised to give whatever she should ask. She therefore besought him, saying, "Give me, I pray you, a sting, that if any mortal shall approach to take my honey, I may kill him." Jupiter was much displeased, for he loved the race of man, but could not refuse the request because of his promise. He thus answered the Bee "You shall have your request, but it will be at the peril of your own life. For if you use your sting, it shall remain in the wound you make, and then you will die from the loss of it."

Evil wishes, like chickens, come home to roost.

45
해안 여행객

해안을 따라 여행하던 여행객들이 높은 절벽 정상에 올라 바다를 바라보는데, 멀리서 큰 배 같은 것이 다가오는 것이 보였다. 여행객들은 배가 항구에 들어가는 것을 보려고 그 자리에서 기다렸다. 그런데 물체가 바람을 타고 해안으로 가까이 다가왔을 때, 여행객들은 자신들이 본 것이 배가 아니라 기껏해야 보트 정도라는 것을 알게 되었다. 또 완전히 해변에 도달했을 때, 여행객들이 발견한 것은 큰 나무 한 단에 불과했다. 여행객 중 한 명이 다른 여행객들에게 말했다. "우리가 쓸데없이 기다렸구먼. 결국 나무 한 짐밖에 볼 것이 없는데 말이야."

Lesson

삶에 대한 단순한 추측은 현실을 넘어선다.
– 과도한 추측은 현실을 왜곡할 수 있다는 이야기

The Seaside Travelers

Some Travelers, journeying along the seashore, climbed to the summit of a tall cliff, and looking over the sea, saw in the distance what they thought was a large ship. They waited in the hope of seeing it enter the harbor, but as the object on which they looked was driven nearer to shore by the wind, they found that it could at the most be a small boat, and not a ship. When however it reached the beach, they discovered that it was only a large faggot of sticks, and one of them said to his companions, "We have waited for no purpose, for after all there is nothing to see but a load of wood."

Our mere anticipations of life outrun
its realities.

Aesop's Fables

46
당나귀와 그림자

나그네가 먼 곳으로 이동하기 위해 당나귀를 고용했다. 날은 몹시 무더웠고 태양은 뜨겁게 빛났기 때문에, 나그네는 휴식을 취하기 위해 걸음을 멈추고는 당나귀의 그림자 아래서 열기를 피할 피난처를 찾았다. 하지만 이 그림자에는 한 사람 자리밖에 없었다. 나그네와 당나귀 주인은 서로 그림자에 앉겠다고 실랑이를 벌였고, 누가 그림자에 대한 권리가 있는지에 대해 두 사람 사이에 격한 논쟁이 벌어졌다. 당나귀 주인은 당나귀만 허락한 것이지 그 그림자는 허락한 것이 아니라고 주장했고, 나그네는 당나귀를 고용하면서 그 그림자도 함께 고용한 것이라고 주장했다. 언쟁은 싸움으로 번졌고, 두 사람이 싸우는 동안 당나귀는 도망가 버리고 말았다.

Lesson

환영에 대한 다툼 속에서 우리는 종종 본질을 잃어버린다.

The Ass and His Shadow

A Traveler hired an Ass to convey him to a distant place. The day being intensely hot, and the sun shining in its strength, the Traveler stopped to rest, and sought shelter from the heat under the Shadow of the Ass. As this afforded only protection for one, and as the Traveler and the owner of the Ass both claimed it, a violent dispute arose between them as to which of them had the right to the Shadow. The owner maintained that he had let the Ass only, and not his Shadow. The Traveler asserted that he had, with the hire of the Ass, hired his Shadow also. The quarrel proceeded from words to blows, and while the men fought, the Ass galloped off.

In quarreling about the shadow we often lose the substance.

47
참나무와 갈대

매우 큰 참나무 한 그루가 바람에 뿌리째 뽑혀 강물 위로 내던져졌다. 갈대 가운데에 떨어진 참나무는 이렇게 말했다. "이렇게 가볍고 약한 너희들이 어떻게 이런 강풍에 전혀 짓밟히지 않았는지 궁금하구나." 갈대들이 대답했다. "너는 바람과 싸우고 겨루다 결국 망가졌지. 하지만 우리는 아주 작은 바람 앞에서도 몸을 구부렸기 때문에 꺾이지 않고 살아남은 거야."

Lesson

수치를 무릅쓰고 목표를 달성하라.

The Oak and the Reeds

A very large Oak was uprooted by the wind and thrown across a stream. It fell among some Reeds, which it thus addressed "I wonder how you, who are so light and weak, are not entirely crushed by these strong winds." They replied, "You fight and contend with the wind, and consequently you are destroyed; while we on the contrary bend before the least breath of air, and therefore remain unbroken, and escape."

Stoop to conquer.

Aesop's Fables

48
사냥꾼과 나무꾼

그리 용감하지 않은 한 사냥꾼이 사자의 흔적을 찾고 있었다. 사냥꾼은 숲에서 나무를 베고 있는 한 남자에게 다가가 사자의 발자국을 보았는지, 혹시 사자굴이 어디에 있는지 아는지를 물었다. 남자가 말했다. "제가 사자를 바로 보여드리지요." 그러자 순식간에 창백해진 사냥꾼은 두려움으로 이를 덜덜 떨며 말했다. "아니요, 괜찮습니다. 그런 것을 물어본 게 아닙니다. 제가 찾는 것은 그저 사자의 흔적이지 사자가 아닙니다."

Lesson

영웅은 말뿐만 아니라 행동도 용감하다.

The Hunter and the Woodman

A Hunter, not very bold, was searching for the tracks of a Lion. He asked a man felling oaks in the forest if he had seen any marks of his footsteps or knew where his lair was. "I will," said the man, "at once show you the Lion himself." The Hunter, turning very pale and chattering with his teeth from fear, replied, "No, thank you. I did not ask that; it is his track only I am in search of, not the Lion himself."

The hero is brave in deeds as well as words.

49
새사냥꾼과 자고새와 수탉

　새 사냥꾼이 풀로만 차려진 저녁을 막 먹으려고 하는데, 갑자기 한 친구가 찾아왔다. 새 사냥꾼은 그동안 아무것도 잡지 못해 새덫이 텅 비어 있었으므로 미끼로 키우던 얼룩무늬 자고새를 죽여야 했다. 새는 간절하게 목숨을 구걸했다. "내가 없으면 다음번에 그물을 칠 때 어떻게 할 건가요? 누가 당신에게 잠잘 시간을 알려 주겠어요?" 새 사냥꾼은 결국 자고새의 목숨을 살려 주고 막 볏이 생기기 시작한 건강하고 어린 수탉을 고르기로 했다. 하지만 수탉은 횃대에서 애처로운 목소리로 말했다. "나를 죽인다면 누가 새벽이 오는 것을 당신에게 알려 주겠어요? 누가 일상을 시작할 수 있게 당신을 깨워줄 것이며, 누가 아침에 새덫을 보러 갈 시간을 알려 주겠어요?" 새 사냥꾼이 대답했다. "네 말이 맞아. 너는 시간을 알려 주는 좋은 새야. 하지만 내 친구와 나는 저녁을 먹어야만 해."

Lesson

불가피한 일에는 법이 없다.

– 다급하면 뭔들 못하랴.

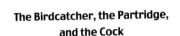

The Birdcatcher, the Partridge, and the Cock

A Birdcatcher was about to sit down to a dinner of herbs when a friend unexpectedly came in. The bird-trap was quite empty, as he had caught nothing, and he had to kill a pied Partridge, which he had tamed for a decoy. The bird entreated earnestly for his life "What would you do without me when next you spread your nets? Who would chirp you to sleep?" The Birdcatcher spared his life, and determined to pick out a fine young Cock just attaining to his comb. But the Cock expostulated in piteous tones from his perch "If you kill me, who will announce to you the appearance of the dawn? Who will wake you to your daily tasks or tell you when it is time to visit the bird-trap in the morning?" He replied, "What you say is true. You are a capital bird at telling the time of day. But my friend and I must have our dinners."

Necessity knows no law.

Aesop's Fables

50
두 마리의 개구리

개구리 두 마리가 같은 연못에서 살고 있었다. 여름이 되어 가뭄으로 연못이 말라 버리자 개구리들은 연못을 떠나 다른 살 곳을 찾아 나섰다. 길을 떠나던 개구리들은 물이 충분히 있을 법한 깊은 우물 옆을 우연히 지나가게 되었다. 이를 본 한 개구리가 다른 개구리에게 말했다. "내려가서 이 우물에 집을 짓자. 이 우물은 우리에게 피난처와 음식을 줄 거야." 다른 개구리가 더욱 신중하게 말했다. "하지만 물이 없다고 생각해 봐. 이렇게 깊은 곳에서 어떻게 다시 나올 수 있겠어?"

Lesson

결과에 대한 생각 없이는 아무 일도 하지 마라.

The Two Frogs

Two Frogs dwelt in the same pool. When the pool dried up under the summer's heat, they left it and set out together for another home. As they went along they chanced to pass a deep well, amply supplied with water, and when they saw it, one of the Frogs said to the other, "Let us descend and make our abode in this well it will furnish us with shelter and food." The other replied with greater caution, "But suppose the water should fail us. How can we get out again from so great a depth?"

Do nothing without a regard to the consequences.

51
사자와 곰과 여우

사자와 곰이 동시에 새끼 염소를 붙잡고는 서로 갖겠다고 맹렬하게 싸웠다. 긴 싸움으로 서로에게 심한 상처를 입히고 마침내 실신할 상태에 이르자, 그들은 피로로 기진맥진하여 쓰러졌다. 멀리서 몇 번이나 이들 주변을 맴돌던 여우는 사자와 곰이 새끼 염소를 가운데에 그대로 둔 채 모두 바닥에 뻗어 있는 것을 보았다. 여우는 이들 사이로 달려들어 새끼 염소를 낚아채고는 가능한 한 빨리 달아났다. 사자와 곰은 여우를 보았지만 일어날 수 없었다. 이들은 이렇게 한탄했다. "여우에게나 주려고 우리가 그렇게 싸우고 애썼다니, 애통하네."

Lesson

어떤 사람은 고생만 하고 이득은 다른 사람이 챙기는 경우가 있다. - 재주는 곰이 넘고 돈은 사람이 번다.

The Lion, the Bear, and the Fox

A Lion and a Bear seized a Kid at the same moment, and fought fiercely for its possession. When they had fearfully lacerated each other and were faint from the long combat, they lay down exhausted with fatigue. A Fox, who had gone round them at a distance several times, saw them both stretched on the ground with the Kid lying untouched in the middle. He ran in between them, seized the Kid, and scampered off as fast as he could. The Lion and the Bear saw him, but not being able to get up, said, "Woe be to us, that we should have fought and belabored ourselves only to serve the turn of a Fox."

It sometimes happens that one man has all the toil, and another all the profit.

52
암사슴과 사자

사냥꾼들에게 심하게 쫓기던 암사슴이 사자가 살고 있는 동굴을 발견했다. 사자는 암사슴이 다가오는 것을 보고는 몸을 숨겼다. 마침내 암사슴이 동굴 안으로 깊숙이 들어오자, 불쑥 뛰어올라 암사슴을 공격했다. "아, 슬프도다." 암사슴이 외쳤다. "사람에게서 도망쳐 결국 야수의 입으로 들어간단 말인가?"

Lesson

하나의 재앙을 피할 때에는 다른 재앙에
빠지지 않도록 주의해야 한다.

The Doe and the Lion

A Doe hard pressed by hunters sought refuge in a cave belonging to a Lion. The Lion concealed himself on seeing her approach, but when she was safe within the cave, sprang upon her and attacked her. "Woe is me," exclaimed the Doe, "who have escaped from man, only to throw myself into the mouth of a wild beast?"

In avoiding one evil, care must be taken not to fall into another.

53
갈매기와 솔개

너무 큰 물고기를 급히 먹은 갈매기가 목주머니가 찢어져 해안에서 죽어 가고 있었다. 솔개가 갈매기를 보고 외쳤다. "네가 그렇게 된 것도 당연한 운명이구나. 하늘의 새가 바다에서 먹이를 찾으려고 해서는 안 되거든."

Lesson

누구나 자신의 일에 신경 써야 한다.

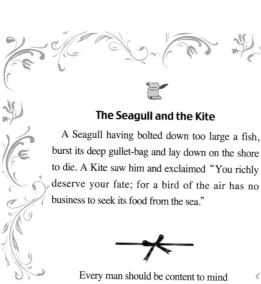

The Seagull and the Kite

A Seagull having bolted down too large a fish, burst its deep gullet-bag and lay down on the shore to die. A Kite saw him and exclaimed "You richly deserve your fate; for a bird of the air has no business to seek its food from the sea."

Every man should be content to mind
his own business.

54
생쥐와 황소

생쥐에게 물려 상처가 난 황소 한 마리가 화가 나 생쥐를 잡으려 하고 있었다. 하지만 생쥐는 금세 달아나 자신의 굴로 안전하게 몸을 피했다. 황소가 뿔로 벽을 들이받았지만, 생쥐를 찾아내기도 전에 지치고 말았다. 황소는 굴 밖에 쭈그리고 앉아 잠이 들었다. 생쥐가 밖을 살짝 내다보고는 황소 옆구리로 살그머니 기어올라 다시 한 번 황소를 물고는 굴로 도망쳤다. 몸을 일으킨 황소는 어찌할 바를 모르고 매우 당황스러워했다. 생쥐가 말했다. "거대하다고 항상 이기는 건 아니야. 작고 하찮은 것도 때로는 강해지는 때가 있다고."

Lesson

전쟁이 항상 강한 자의 것은 아니다.

The Mouse and the Bull

A Bull was bitten by a Mouse and, angered by the wound, tried to capture him. But the Mouse reached his hole in safety. Though the Bull dug into the walls with his horns, he tired before he could rout out the Mouse, and crouching down, went to sleep outside the hole. The Mouse peeped out, crept furtively up his flank, and again biting him, retreated to his hole. The Bull rising up, and not knowing what to do, was sadly perplexed. At which the Mouse said, "The great do not always prevail. There are times when the small and lowly are the strongest to do mischief."

The battle is not always to the strong.

Aesop's Fables

55
황소와 염소

사자에게서 도망친 황소가 한 동굴로 숨어들었다. 이곳은 얼마 전까지 양치기들 몇 명이 사용하던 곳이었다. 황소가 안으로 들어가자마자 동굴에 남아 있던 숫염소가 뿔로 날카롭게 공격했다. 황소는 숫염소에게 조용히 말했다. "할 수 있는 만큼 들이밀어 봐. 사자는 두렵지만 너는 전혀 두렵지 않아. 사자가 사라지기만 하면 염소와 황소의 힘이 얼마나 차이가 나는지 네가 똑똑히 알게 해줄게."

Lesson

곤경에 처한 친구를 이용하는 것은 악한 성질이다.

The Bull and the Goat

A Bull, escaping from a Lion, hid in a cave which some shepherds had recently occupied. As soon as he entered, a He-Goat left in the cave sharply attacked him with his horns. The Bull quietly addressed him, "Butt away as much as you will. I have no fear of you, but of the Lion. Let that monster go away and I will soon let you know what is the respective strength of a Goat and a Bull."

It shows an evil disposition to take advantage of a friend in distress.

Aesop's Fables

56
원숭이와 어미

원숭이는 출산할 때마다 두 마리의 새끼를 낳는다고 한다. 어미는 그중 한 마리는 애지중지하며 어루만지고 보살피지만, 다른 한 마리는 미워하며 소홀히 한다. 한번은 어미의 손길과 사랑을 받던 새끼가 어미의 지나친 사랑에 질식해 죽고 말았는데, 괄시를 받던 새끼는 자신이 받은 무관심에도 불구하고 잘 성장했다.

Lesson

의도가 좋았다고 하여 항상 성공이 보장되는 것은 아니다.

The Monkeys and Their Mother

The Monkey, it is said, has two young ones at each birth. The Mother fondles one and nurtures it with the greatest affection and care, but hates and neglects the other. It happened once that the young one which was caressed and loved was smothered by the too great affection of the Mother, while the despised one was nurtured and reared in spite of the neglect to which it was exposed.

The best intentions will not always
ensure success.

Aesop's Fables

57
여행객과 운명

    긴 여행으로 지친 한 여행객이 깊은 우물 밖 바로 끝에 누워 피로를 풀고 있었다. 그가 막 물로 떨어지려 할 때, 운명의 여신이 그에게 나타나 잠을 깨우며 말했다. "착하지, 제발 일어나. 네가 떨어지면 비난은 나에게 오고 나는 인간들 사이에서 안 좋은 이름을 얻게 될 뿐이야. 나는 사람들이 자신의 어리석음으로 비롯된 불운까지도 내 탓으로 돌린다는 걸 잘 알고 있어."

Lesson

모든 사람은 거의 자신의 운명의 주인이다.

The Traveler and Fortune

A Traveler wearied from a long journey lay down, overcome with fatigue, on the very brink of a deep well. Just as he was about to fall into the water, Dame Fortune appeared to him and waking him from his slumber thus addressed him, "Good Sir, pray wake up for if you fall into the well, the blame will be thrown on me, and I shall get an ill name among mortals; for I find that men are sure to impute their calamities to me, however much by their own folly they have really brought them on themselves."

Everyone is more or less master of his own fate.

58
게와 어미 게

게가 아들에게 말했다. "애야, 넌 왜 그렇게 한쪽으로 걷니? 앞으로 곧장 나아가는 것이 훨씬 더 좋단다." 어린 게가 대답했다. "엄마 말이 맞아요. 엄마가 곧장 걷는 것을 보여 주시면 제가 따라갈게요." 어미 게는 노력했지만 결국 실패했고 불평 없이 새끼의 책망을 받아들였다.

Lesson

솔선수범이 훈계보다 더욱 효과적이다.

The Crab and Its Mother

A Crab said to her son, "Why do you walk so one-sided, my child? It is far more becoming to go straight forward." The young Crab replied "Quite true, dear Mother; and if you will show me the straight way, I will promise to walk in it." The Mother tried in vain, and submitted without remonstrance to the reproof of her child.

Example is more powerful than precept.

59
전나무와 가시나무

전나무가 가시나무에게 자랑스럽게 말했다. "너는 어디에도 전혀 쓸모가 없어. 하지만 나는 지붕이나 집을 만들 때 언제나 유용하다고!" 가시나무가 대답했다. "불쌍하기는. 너를 잘라 내려는 도끼와 톱을 기억하기만 한다면 전나무가 아닌 가시나무로 자라고 싶어질 텐데 말이야."

Lesson

불안한 부자보다 가난해도 걱정 없는 것이 더 좋다.

The Fir Tree and the Bramble

A Fir Tree said boastingly to the Bramble, "You are useful for nothing at all; while I am everywhere used for roofs and houses." The Bramble answered, "You poor creature, if you would only call to mind the axes and saws which are about to hew you down, you would have reason to wish that you had grown up a Bramble, not a Fir Tree."

Better poverty without care, than riches with.

Aesop's Fables

60
쥐와 개구리와 매

육지에 사는 쥐가 어쩌다 운이 나빠 하루 중 대부분을 물에서
사는 개구리와 친해지게 되었다. 어느 날 개구리는 장난칠 요량
으로 쥐의 발을 자신의 발에 단단히 묶었다. 개구리는 먼저 친구
쥐를 이끌고 쥐들이 음식을 찾곤 하는 초원으로 갔다. 그런 다음
자신이 살고 있는 연못 끝까지 점점 다가가더니 갑자기 연못으
로 뛰어들었다. 쥐도 개구리와 함께 끌려갔다. 개구리는 마치
선행이라도 하듯이 물을 즐기면서 개굴개굴 소리를 내며 헤엄
쳤다. 불쌍한 쥐는 곧 물에 빠져 죽고 말았고, 개구리의 발에 묶
인 채 시체가 표면에 떠올랐다. 이것을 본 매가 발톱으로 쥐를
낚아채 하늘 위로 날아올랐다. 여전히 쥐의 다리에 묶여 있던 개
구리 역시 먹잇감이 되어 매에게 먹히고 말았다.

Lesson

해를 끼치는 자는 다시 해를 입는다.

The Mouse, the Frog, and the Hawk

A Mouse who always lived on the land, by an unlucky chance formed an intimate acquaintance with a Frog, who lived for the most part in the water. The Frog, one day intent on mischief, bound the foot of the Mouse tightly to his own. The Frog first of all led his friend the Mouse to the meadow where they were accustomed to find their food. After this, he gradually led him towards the pool in which he lived, until reaching the very brink, he suddenly jumped in, dragging the Mouse with him. The Frog enjoyed the water, and swam croaking about, as if he had done a good deed. The unhappy Mouse was soon suffocated by the water, and his dead body floated about on the surface, tied to the foot of the Frog. A Hawk observed it, and, pouncing upon it with his talons, carried it aloft. The Frog, being still fastened to the leg of the

Mouse, was also carried off a prisoner, and was eaten by the Hawk.

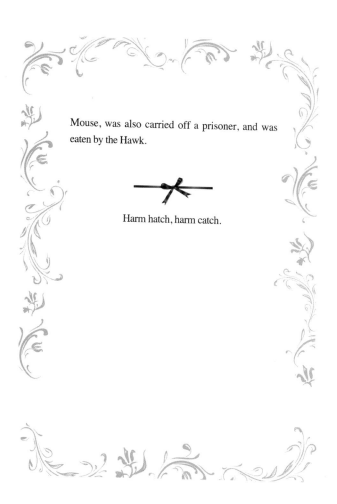

Harm hatch, harm catch.

Aesop's Fables

61
개에게 물린 남자

개에게 물린 한 남자가 자신을 치료해 줄 사람을 찾고 있었다. 그가 원하는 것을 듣게 된 한 친구가 말했다. "네가 치료를 받게 된다면, 상처에서 난 피를 빵 한 조각에 적셔 너를 문 개에게 주어야 해." 개에게 물린 남자는 이 충고를 비웃으며 말했다. "왜? 내가 그렇게 한다면 이 동네에 있는 모든 개에게 나를 물라고 구걸하는 꼴이 될걸."

Lesson

악한 자에게 혜택을 준다면, 당신에게 상처 입힌
이들의 악함을 더욱 드높이는 셈이다.

The Man Bitten by a Dog

A Man who had been bitten by a Dog went about in quest of someone who might heal him. A friend, meeting him and learning what he wanted, said, "If you would be cured, take a piece of bread, and dip it in the blood from your wound, and go and give it to the Dog that bit you." The Man who had been bitten laughed at this advice and said, "Why? If I should do so, it would be as if I should beg every Dog in the town to bite me."

Benefits bestowed upon the evil-disposed
increase their means of injuring you.

62
두 항아리

강에 두 개의 항아리가 떠내려왔다. 하나는 흙으로 만든 것이었고, 다른 하나는 놋쇠로 만든 것이었다. 토기 항아리가 놋쇠 항아리에게 말했다. "나와 멀리 떨어져서 가까이 오지 않도록 기도해 주시오. 당신이 나와 아주 살짝만 닿아도 나는 산산이 부서질 거요. 게다가 난 당신과 전혀 가까워지고 싶지 않소."

Lesson

동등한 입장에 있는 사람들이 가장 좋은 친구가 된다.

The Two Pots

A river carried down in its stream two Pots, one made of earthenware and the other of brass. The Earthen Pot said to the Brass Pot, "Pray keep at a distance and do not come near me, for if you touch me ever so slightly, I shall be broken in pieces, and besides, I by no means wish to come near you."

Equals make the best friends.

Aesop's Fables

63
늑대와 양

개에게 물려 심한 상처를 입은 늑대가 자신의 굴에서 꼼짝도 못하고 몸져누워 있었다. 먹을 것이 필요했던 늑대는 지나가던 양 한 마리를 불러 뒤에 흐르는 시냇가에서 물을 가져다 달라고 부탁했다. 늑대가 말했다. "네가 물을 가져다준다면 내가 먹을 고기는 내가 찾아볼 테니까." 양이 말했다. "그럴 테죠. 제가 물을 가져다주면 당신은 분명 내가 고기까지 주도록 만들 셈이죠 (나를 잡아먹을 셈이죠)."

Lesson

위선자의 말은 간단히 꿰뚫어 볼 수 있다.

The Wolf and the Sheep

A Wolf, sorely wounded and bitten by dogs, lay
sick and maimed in his lair. Being in want of food,
he called to a Sheep who was passing, and asked
him to fetch some water from a stream flowing
close beside him. "For," he said, "if you will bring
me drink, I will find means to provide myself with
meat." "Yes," said the Sheep, "if I should bring
you the draught, you would doubtless make me
provide the meat also."

Hypocritical speeches are easily seen through.

64
흑인

흑인 노예를 산 어떤 사람은 전 주인이 소홀히 한 탓에 먼지로 노예의 피부색이 검게 되었다는 말을 들었다. 노예를 집으로 데려온 주인은 모든 방법을 총동원해 노예를 씻기고 쉴 새 없이 문질러 댔다. 하지만 노예는 심한 감기에 걸리기만 했을 뿐 피부색이나 안색은 전혀 바뀌지 않았다.

Lesson

타고난 천성은 표면에 드러나게 마련이다.

The Aethiop

The purchaser of a black servant was persuaded that the color of his skin arose from dirt contracted through the neglect of his former masters. On bringing him home he resorted to every means of cleaning, and subjected the man to incessant scrubbings. The servant caught a severe cold, but he never changed his color or complexion.

What's bred in the bone will stick to the flesh.

65
사냥꾼과 어부

한 사냥꾼이 숲에서 개와 함께 돌아오던 중에 물고기로 가득 찬 바구니를 들고 집으로 향하던 어부와 우연히 마주쳤다. 사냥 꾼은 물고기를 갖고 싶어 했고, 마찬가지로 물고기를 가진 사람 은 사냥주머니에 든 내용물을 갖고 싶어 했다. 이들은 그날 수확 한 것을 교환하기로 재빨리 동의했다. 두 사람 모두 이 흥정이 마음에 들어서 날마다 똑같은 것을 교환했다. 마침내 한 이웃이 이들에게 말했다. "만일 당신들이 이렇게 계 속한다면 교환의 기쁨은 곧 사라질 것이오. 그리고 두 사람은 다시 자신의 수확물을 가지 려 할 것이오."

Lesson

자제하고 즐겨라.

– 가끔 하니 즐거운 것이다.

The Huntsman and the Fisherman

A Huntsman, returning with his dogs from the field, fell in by chance with a Fisherman who was bringing home a basket well laden with fish. The Huntsman wished to have the fish, and their owner experienced an equal longing for the contents of the game-bag. They quickly agreed to exchange the produce of their day's sport. Each was so well pleased with his bargain that they made for some time the same exchange day after day. Finally a neighbor said to them, "If you go on in this way, you will soon destroy the pleasure of your exchange, and each will again wish to retain the fruits of his own sport."

Abstain and enjoy.

Aesop's Fables

66
노파와 술항아리

한 노파가 빈 항아리를 발견했다. 얼마 전까지 오래된 최고급 와인이 담겨 있던 항아리에는 여전히 향긋한 냄새가 남아 있었다. 노파는 항아리를 앞뒤로 움직이며 몇 번이나 자신의 코에 갖다 댄 후 말했다. "와인이 담겼던 그릇에 남아 있는 찌꺼기까지 이렇게 달콤한 향을 내니 와인 자체는 얼마나 좋았을꼬!"

Lesson

선행의 기억은 언제나 살아 있다.

– 아름다운 추억은 언제나 살아 있다.

The Old Woman and the Wine-Jar

An Old Woman found an empty jar which had lately been full of prime old wine and which still retained the fragrant smell of its former contents. She placed it several times to her nose, and drawing it backwards and forwards said, "How nice must the Wine itself have been, when it leaves behind in the very vessel which contained it so sweet a perfume!"

The memory of a good deed lives.

67
두 마리의 개

한 남자에게는 개가 두 마리 있었다. 한 마리는 사냥을 돕도록 훈련시킨 사냥개였고, 한 마리는 집을 지키도록 가르친 집개였다. 이 사람은 사냥에서 집으로 돌아오면, 항상 수확물 중 큰 부분을 집개에게 주었다. 이것에 굉장히 분개한 사냥개가 집개를 비난하며 말했다. "이 모든 노동을 하는 것은 정말 힘들어. 하지만 사냥을 돕지도 않는 너는 내 노력의 결실을 탐닉하고 있구나." 집개가 대답했다. "나를 비난하지 말게나, 친구. 대신 나에게 일은 가르치지 않고 다른 이의 노동에 기대(다른 사람 덕으로) 살아가도록 가르친 주인에게 잘못을 따져봐."

Lesson

아이들은 부모의 잘못에 책임이 없다.

The Two Dogs

A Man had two dogs a Hound, trained to assist him in his sports, and a Housedog, taught to watch the house. When he returned home after a good day's sport, he always gave the Housedog a large share of his spoil. The Hound, feeling much aggrieved at this, reproached his companion, saying, "It is very hard to have all this labor, while you, who do not assist in the chase, luxuriate on the fruits of my exertions." The Housedog replied, "Do not blame me, my friend, but find fault with the master, who has not taught me to labor, but to depend for subsistence on the labor of others."

Children are not to be blamed for the faults
of their parents.

Aesop's Fables

68
매와 독수리와 비둘기

독수리가 나타나는 것이 두려웠던 비둘기들은 매에게 자신들을 보호해 줄 것을 부탁했다. 매는 즉시 동의했다. 비둘기들이 매를 집에 들어오도록 허락하자, 매는 비둘기들에게 독수리가 일 년 내내 사냥할 때보다 더 큰 피해를 입혔고, 훨씬 더 많은 비둘기들을 하루아침에 죽이고 말았다.

Lesson

병보다 무서운 치료는 삼가야 한다.

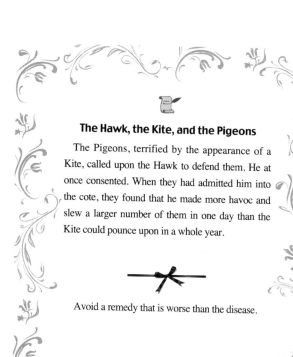

The Hawk, the Kite, and the Pigeons

The Pigeons, terrified by the appearance of a Kite, called upon the Hawk to defend them. He at once consented. When they had admitted him into the cote, they found that he made more havoc and slew a larger number of them in one day than the Kite could pounce upon in a whole year.

Avoid a remedy that is worse than the disease.

Aesop's Fables

69
과부와 양

어느 가난한 과부에게 오직 한 마리의 양이 있었다. 털을 깎아야 할 시기가 되자, 양털을 갖고 싶으면서도 드는 돈은 아까웠던 과부가 직접 양털을 깎았다. 하지만 가위질이 너무 서툴렀던 나머지 양털과 함께 살까지 깎아 버렸다. 고통으로 몸부림치던 양이 말했다. "왜 저를 이렇게 아프게 하는 건가요, 주인님? 제 피가 양털에 얼마나 무게를 더하겠어요? 고기가 필요하면 저를 한 번에 죽여줄 푸줏간이 있잖아요. 그리고 제 양털과 양모를 원한다면 저를 다치게 하지 않고 털을 깎아줄 털 깎는 직공도 있다고요."

Lesson

최소의 경비가 항상 최대의 이익이 되는 것은 아니다.

The Widow and the Sheep

A certain poor widow had one solitary Sheep. At shearing time, wishing to take his fleece and to avoid expense, she sheared him herself, but used the shears so unskillfully that with the fleece she sheared the flesh. The Sheep, writhing with pain, said, "Why do you hurt me so, Mistress? What weight can my blood add to the wool? If you want my flesh, there is the butcher, who will kill me in an instant; but if you want my fleece and wool, there is the shearer, who will shear and not hurt me."

The least outlay is not always the greatest gain.

70
야생 당나귀와 사자

 야생 당나귀와 사자가 숲 속의 동물들을 더 쉽게 잡을 수 있도록 동맹을 맺었다. 사자는 야생 당나귀에게 힘을 보태 주기로 했고, 야생 당나귀는 더 빠른 속도를 이용해 사자에게 도움을 주기로 했다. 이들이 필요한 만큼 많은 동물들을 포획했을 때, 사자가 먹이를 분배하기로 하고 이것을 세 등분으로 나누었다. "내가 첫 번째 몫을 가져갈게." 사자가 말했다. "왜냐하면 내가 왕이니까. 그리고 두 번째 몫은 추격에 너와 함께한 동지로서. 그리고 세 번째 몫도 가져야지. 만일 네가 그것을 내게 맡기고 가능한 한 빨리 도망치지 않는다면 네게 큰일이 벌어질 테니까."

Lesson

힘이 정의를 만든다.

The Wild Ass and the Lion

A Wild Ass and a Lion entered into an alliance so that they might capture the beasts of the forest with greater ease. The Lion agreed to assist the Wild Ass with his strength, while the Wild Ass gave the Lion the benefit of his greater speed. When they had taken as many beasts as their necessities required, the Lion undertook to distribute the prey, and for this purpose divided it into three shares. "I will take the first share," he said, "because I am King and the second share, as a partner with you in the chase and the third share will be a source of great evil to you, unless you willingly resign it to me, and set off as fast as you can."

Might makes right.

71
병든 독수리

병이 들어 죽게 된 독수리가 어머니에게 말했다. "어머니, 슬퍼하지 마세요. 대신 제 삶을 늘려줄 수 있도록 신께 간구해 보세요." 어머니가 대답했다. "아아! 내 아들. 어떤 신이 널 불쌍히 여길 것이라 생각하는 것이냐? 네가 제단에서 신들에게 바쳐진 제물을 훔치는 바람에 격노하지 않은 신이 있더냐?"

Lesson

역경에 처했을 때 도움을 받으려면
번영할 때 친구를 사귀어야 한다.

The Sick Kite

A Kite, sick unto death, said to his mother, "O Mother! do not mourn, but at once invoke the gods that my life may be prolonged." She replied, "Alas! my son, which of the gods do you think will pity you? Is there one whom you have not outraged by filching from their very altars a part of the sacrifice offered up to them?"

We must make friends in prosperity if we would have their help in adversity.

Aesop's Fables

72
당나귀와 수탉과 사자

당나귀와 수탉이 우리에 함께 살고 있었다. 어느 날, 몹시 배고팠던 사자가 우리에 있는 당나귀에게 갑자기 달려들려고 했다. 놀란 수탉이 크게 울었고, 사자는 재빨리 도망쳤다. 수탉의 한낱 울음소리에 겁을 먹은 사자를 지켜본 당나귀는 사자를 공격할 용기가 생겨 사자를 뒤쫓아 갔다. 그런데 멀리 가지 않아 사자는 방향을 바꾸어 당나귀를 붙잡았고, 순식간에 잡아먹어 버렸다.

Lesson

잘못된 자신감은 종종 위험을 부른다.

The Ass, the Cock, and the Lion

An Ass and a Cock were in a straw yard together when a Lion, desperate from hunger, approached the spot. He was about to spring upon the Ass, when the Cock crowed loudly, and the Lion fled away as fast as he could. The Ass, observing his trepidation at the mere crowing of a Cock summoned courage to attack him, and galloped after him for that purpose. He had run no long distance, when the Lion, turning about, seized him and made an end of him in a trice.

False confidence often leads into danger.

73
쥐와 족제비

쥐와 족제비는 서로 끊임없이 싸웠고 피도 많이 흘렸다. 싸움은 항상 족제비의 승리로 끝났다. 쥐들은 자신들에게 명령을 내릴 군대 지휘관이 없고 훈련이 부족했던 탓에 위험에 노출되었고, 전쟁에서 늘 지는 것도 그 때문이라고 생각했다. 그래서 쥐들은 전투 대형으로 더 잘 결집되고 중대, 연대, 대대로 잘 나뉠 수 있도록, 전투에서 보여준 용기뿐만 아니라 혈통과 힘, 계략으로 가장 유명한 쥐들을 지휘관으로 선정했다. 이 모든 일이 끝나고 군대는 훈련에 들어갔고, 전령관 쥐가 족제비들에게 도전하여 정식으로 전쟁을 선포했다. 이때, 새로 선발된 장군들은 모든 부대원들의 눈에 잘 띄도록 머리에 짚을 묶었다. 전투가 시작되자마자 크게 완패한 쥐들은 굴속으로 최대한 빨리 도망쳤다. 하지만 머리에 있는 장식 때문에 굴에 들어갈 수 없었던 장군들은 족제비들에게 모두 잡아먹히고 말았다.

Lesson

명예가 더 높을수록 위험도 더 많이 따른다.

The Mice and the Weasels

The Weasels and the Mice waged a perpetual war with each other, in which much blood was shed. The Weasels were always the victors. The Mice thought that the cause of their frequent defeats was that they had no leaders set apart from the general army to command them, and that they were exposed to dangers from lack of discipline. They therefore chose as leaders Mice that were most renowned for their family descent, strength, and counsel, as well as those most noted for their courage in the fight, so that they might be better marshaled in battle array and formed into troops, regiments, and battalions. When all this was done, and the army disciplined, and the herald Mouse had duly proclaimed war by challenging the Weasels, the newly chosen generals bound their heads with straws, that they might be more conspicuous to all their troops. Scarcely had the battle begun, when a great rout overwhelmed the Mice, who scampered off as fast as they could to their holes. The generals, not being able to get in on account of the ornaments on their heads, were all captured and eaten by the Weasels.

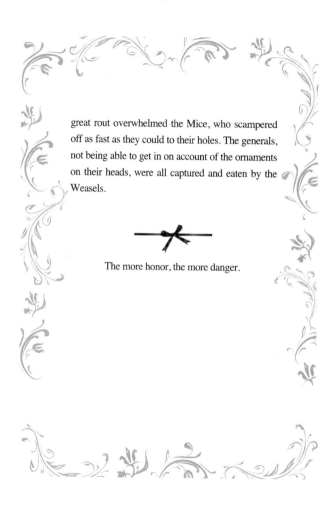

The more honor, the more danger.

74
세 명의 상인

큰 도시 하나가 포위되었다. 적으로부터 도시를 보호하기 위한 최선의 수단으로 주민들까지 모두 소집되었다. 한 벽돌공이 효과적인 저항을 위한 가장 좋은 재료로 벽돌을 열렬히 추천했다. 목수도 같이 열을 올려서 방어하기에 더 좋은 방법으로 목재를 제안했다. 이때 제혁공이 일어서서 말했다. "여러분, 저는 여러분과 의견이 다릅니다. 저항에는 가죽 덮개만 한 재료가 없습니다. 저는 이번에는 가죽만큼 좋은 것이 없다고 봅니다."

Lesson

제 일은 제가 알아서 한다.

– 각자 자기만 생각한다.

The Three Tradesmen

A great city was besieged, and its inhabitants were called together to consider the best means of protecting it from the enemy. A Bricklayer earnestly recommended bricks as affording the best material for an effective resistance. A Carpenter, with equal enthusiasm, proposed timber as a preferable method of defense. Upon which a Currier stood up and said, "Sirs, I differ from you altogether there is no material for resistance equal to a covering of hides; and nothing in the present case so good as leather."

Every man for himself.

75
주인과 개

　폭풍우 때문에 꼼짝없이 시골집에 갇히게 된 한 남자가 가족
의 생계를 위해 먼저 자신의 양과 염소들을 죽였다. 그 뒤에도
폭풍우가 계속되자, 남자는 음식을 구하기 위해 소까지 잡아야
했다. 이것을 본 개들이 모여 상의했다. "이제 떠날 때가 되었
어. 주인님의 이익을 위해 일한 소들도 살려 두지 않는데, 그가
우리를 살려둘 거라고 어떻게 기대할 수 있겠어?"

Lesson

가족을 소홀히 하는 사람은 친구로서 신뢰받지 못한다.

The Master and His Dogs

A certain man, detained by a storm in his country house, first of all killed his sheep, and then his goats, for the maintenance of his household. The storm still continuing, he was obliged to slaughter his oxen for food. On seeing this, his Dogs took counsel together, and said, "It is time for us to be off, for if the master spare not his oxen, who work for his gain, how can we expect him to spare us?"

He is not to be trusted as a friend who mistreats his own family.

76
조각상을 지고 가는 당나귀

옛날에 한 당나귀가 어떤 사원에 놓을 유명한 목상을 지고 길을 가고 있었다. 당나귀가 지나갈 때마다 사람들은 목상 앞에 낮게 엎드렸다. 그러자 당나귀는 자신에 대한 존경의 표시로 사람들이 머리를 숙인다고 생각하고는 자만심으로 기고만장해져서는 오만한 자세로 더 이상 걷지 않으려 했다. 당나귀가 멈춘 것을 본 마부는 당나귀의 등짝을 채찍으로 힘껏 내리치며 말했다. "이런 심술궂은 바보 같은 당나귀야! 사람들이 당나귀를 숭배할 거라고 생각하느냐."

Lesson

다른 사람 덕분에 생긴 영광을 자신에게 돌리는 자는
현명하지 못하다.

The Ass Carrying the Image

An Ass once carried through the streets of a city a famous wooden Image, to be placed in one of its Temples. As he passed along, the crowd made lowly prostration before the Image. The Ass, thinking that they bowed their heads in token of respect for himself, bristled up with pride, gave himself airs, and refused to move another step. The driver, seeing him thus stop, laid his whip lustily about his shoulders and said, "O you perverse dullhead! It is not yet come to this, that men pay worship to an Ass."

They are not wise who give to themselves
the credit due to others.

77
두 여행객과 도끼

두 남자가 함께 여행을 하고 있었다. 둘 중 한 명이 길에 놓여 있는 도끼를 발견하고는 주워 들고 말했다. "내가 도끼를 발견했어." "아니지, 이 친구야." 다른 남자가 대꾸했다. "'내'가 아니라 '우리'가 도끼를 발견한 거지." 그런데 얼마 가지 않아 두 남자는 자신들을 쫓아온 도끼 주인을 만났다. 도끼를 주운 남자가 말했다. "우린 완전 망했군." "아니지." 다른 남자가 대꾸했다. "자네가 처음에 했던 말대로 하게. 그때 옳다고 생각했던 것을 지금도 옳다고 생각하게. '우리'가 아니라 '내'가 망했다고 말이야."

Lesson

위험을 함께한 자는 그에 대한 상도 함께해야 한다.

The Two Travelers and the Ax

Two men were journeying together. One of them picked up an ax that lay upon the path, and said, "I have found an ax." "No, my friend," replied the other, "do not say 'I,' but 'We' have found an ax." They had not gone far before they saw the owner of the ax pursuing them, and he who had picked up the ax said, "We are undone." "No," replied the other, "keep to your first mode of speech, my friend; what you thought right then, think right now. Say 'I,' not 'We' are undone."

He who shares the danger ought to share the prize.

78
암사자

들판의 짐승들 사이에서 동물들 중 출산할 때 누가 새끼를 가장 많이 낳는다고 할 수 있을까에 대해서 논란이 일었다. 그들은 요란한 소리를 내면서 암사자의 면전으로 달려가서는 그 논쟁을 해결해 달라고 요청했다. "당신은 한 번 출산할 때마다 몇 명의 자녀를 낳습니까?" 암사자는 그들을 비웃으며 이렇게 말했다. "나는 오직 한 마리만 낳지. 하지만 그 한 마리는 완전히 순종 사자야."

Lesson

가치는 수가 아니라 그 진가에 있다.

The Lioness

A controversy prevailed among the beasts of the field as to which of the animals deserved the most credit for producing the greatest number of whelps at a birth. They rushed clamorously into the presence of the Lioness and demanded of her the settlement of the dispute. "And you," they said, "how many sons have you at a birth?" The Lioness laughed at them, and said, "I have only one; but that one is altogether a thoroughbred Lion."

The value is in the worth, not in the number.

79
소년과 개암

한 소년이 개암으로 가득 찬 항아리에 손을 집어넣고는 자신이 잡을 수 있는 한 많은 개암을 움켜쥐었다. 하지만 막상 손을 빼려고 하자 항아리의 목 때문에 그럴 수가 없었다. 개암을 놓치기 싫었지만 손도 뺄 수 없었던 소년은 울음을 터트리며 자신의 실망감을 비통하게 한탄했다. 그때 지나가던 사람이 소년에게 말했다. "절반으로 만족하거라. 그러면 손을 쉽게 빼낼 수 있단다."

Lesson

한 번에 너무 많은 것을 시도하지 마라.
– 한꺼번에 너무 많은 것을 가지려 하지 마라.

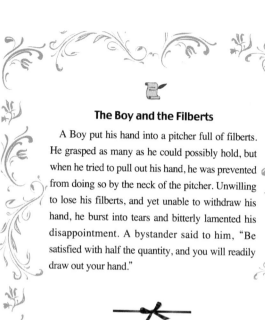

The Boy and the Filberts

A Boy put his hand into a pitcher full of filberts. He grasped as many as he could possibly hold, but when he tried to pull out his hand, he was prevented from doing so by the neck of the pitcher. Unwilling to lose his filberts, and yet unable to withdraw his hand, he burst into tears and bitterly lamented his disappointment. A bystander said to him, "Be satisfied with half the quantity, and you will readily draw out your hand."

Do not attempt too much at once.

80
노동자와 뱀

　오두막집 현관 가까이에 구멍을 파고 살던 뱀이 오두막 주인의 어린 아들을 물어 죽게 하였다. 아들을 잃은 슬픔에 잠겨 있던 아버지는 뱀을 죽이기로 결심했다. 다음 날, 뱀이 먹이를 구하러 구멍 밖으로 나오자 농부는 도끼를 집어 들었다. 하지만 너무 급하게 도끼를 휘두른 바람에 뱀의 머리를 놓치고 꼬리 끝만을 자르게 되었다. 얼마 후 오두막 주인은 뱀이 자신도 물 것을 두려워하여 평화를 유지하고자 빵과 소금을 구멍에 넣어 주었다. 뱀이 쉭쉭 소리를 내며 말했다. "앞으로 우리 사이에 평화란 있을 수 없습니다. 난 당신을 볼 때마다 꼬리를 잃어버린 것이 기억날 것이기 때문입니다. 또한 당신은 나를 볼 때마다 아들의 죽음을 생각하게 되겠지요."

Lesson

　상처를 준 사람이 있는 한 아무도 그 상처를 진심으로
잊을 수는 없다.

The Laborer and the Snake

A Snake, having made his hole close to the porch of a cottage, inflicted a mortal bite on the Cottager's infant son. Grieving over his loss, the Father resolved to kill the Snake. The next day, when it came out of its hole for food, he took up his ax, but by swinging too hastily, missed its head and cut off only the end of its tail. After some time the Cottager, afraid that the Snake would bite him also, endeavored to make peace, and placed some bread and salt in the hole. The Snake, slightly hissing, said, "There can henceforth be no peace between us; for whenever I see you I shall remember the loss of my tail, and whenever you see me you will be thinking of the death of your son."

No one truly forgets injuries in the presence
of him who caused the injury.

Aesop's Fables

81
양의 탈을 쓴 늑대

옛날에 늑대 한 마리가 먹이를 좀 더 쉽게 얻기 위해 변장을 하기로 결심했다. 양의 가죽을 뒤집어쓴 늑대는 그것으로 양치기를 속이고 양떼들과 함께 목초를 뜯었다. 저녁이 되자 양치기가 늑대를 우리에 가두었다. 문이 닫히고 입구는 완전히 봉쇄되었다. 그런데 그날 밤, 양치기는 다음 날 쓸 고기를 마련하기 위해 우리로 돌아왔고 실수로 양 대신 늑대를 잡아 즉시 죽여 버렸다.

Lesson

나쁜 의도는 나쁜 결과를 낳는다.

The Wolf in Sheep's Clothing

Once upon a time a Wolf resolved to disguise his appearance in order to secure food more easily. Encased in the skin of a sheep, he pastured with the flock deceiving the shepherd by his costume. In the evening he was shut up by the shepherd in the fold; the gate was closed, and the entrance made thoroughly secure. But the shepherd, returning to the fold during the night to obtain meat for the next day, mistakenly caught up the Wolf instead of a sheep, and killed him instantly.

Harm seek. Harm find.

82
아픈 수사슴

아픈 수사슴이 목초지 구석 조용한 곳에 누워 있었다. 수많은 친구들이 그의 안부를 물으러 와서는 그가 먹으려고 두었던 식량을 마음대로 먹어 치웠다. 결국 수사슴은 병 때문이 아니라 먹고살 방도가 없어서 죽고 말았다.

Lesson

악한 친구들은 이로움보다 더 많은 해를 가져다준다.

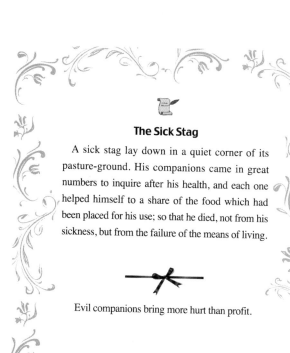

The Sick Stag

A sick stag lay down in a quiet corner of its pasture-ground. His companions came in great numbers to inquire after his health, and each one helped himself to a share of the food which had been placed for his use; so that he died, not from his sickness, but from the failure of the means of living.

Evil companions bring more hurt than profit.

83
황소와 백정

옛날에 황소들이 자기 종족들에게 해가 되는 일을 하는 백정들을 없애려 하였다. 어느 날 이 일을 실행에 옮기기 위해 모인 황소들이 그 싸움을 준비하며 뿔을 날카롭게 갈았다. 그런데 그때 매우 늙은 한 황소가 말했다. "백정들이 우리를 죽이는 것은 맞지만 그들은 능숙한 솜씨로 불필요한 고통은 전혀 없이 죽이지. 우리가 백정들을 없애 버리면 우리는 서투른 사람들의 손에 잡혀 두 번 죽는 고통을 겪을 것이오. 백정들이 모두 죽더라도 사람들은 고기 없이는 절대 살 수 없을 것이니 말이오."

Lesson

한 가지 악을 다른 악으로 바꾸려고 서두르지 마라.

The Oxen and the Butchers

The Oxen once upon a time sought to destroy the Butchers, who practiced a trade destructive to their race. They assembled on a certain day to carry out their purpose, and sharpened their horns for the contest. But one of them who was exceedingly old spoke, "These Butchers, it is true, slaughter us, but they do so with skillful hands, and with no unnecessary pain. If we get rid of them, we shall fall into the hands of unskillful operators, and thus suffer a double death for you may be assured, that though all the Butchers should perish, men will never go without beef."

Do not be in a hurry to change one evil
for another.

84
사자와 쥐와 여우

여름날 더위에 지친 사자가 굴에서 곤히 잠들었다. 그런데 갑자기 쥐 한 마리가 사자의 갈기와 귀에 올라가 사자의 단잠을 깨웠다. 잠에서 깬 사자가 분노로 몸을 떨며 쥐를 찾으려고 굴 구석구석을 살폈다. 이를 본 여우가 말했다. "당신 같은 훌륭한 사자가 쥐를 두려워하다니." "쥐를 무서워하는 게 아니야." 사자가 말했다. "그놈의 버르장머리에 화가 나는 거지."

Lesson

작은 무례함이 (상대에게는) 큰 모욕이 된다.

The Lion, the Mouse, and the Fox

A Lion, fatigued by the heat of a summer's day, fell fast asleep in his den. A Mouse ran over his mane and ears and woke him from his slumbers. He rose up and shook himself in great wrath, and searched every corner of his den to find the Mouse. A Fox seeing him said, "A fine Lion you are, to be frightened of a Mouse." "It is not the Mouse I fear," said the Lion; "I resent his familiarity and ill-breeding."

Little liberties are great offenses.

염소지기와 야생 염소

저녁 무렵에 풀밭에서 염소 떼들을 몰고 가던 한 염소지기는 몇 마리의 야생 염소가 무리에 섞여 있는 것을 발견하고는 이들을 자신의 양들과 함께 밤새 우리에 가둬 두었다. 다음 날에도 눈이 너무 많이 내려 염소지기가 양떼들을 목초지로 데려가지 못하고 우리에 계속 두어야 했다. 그러는 동안 염소지기는 자신의 염소들에게는 죽지 않을 정도의 음식만을 주었지만, 야생 염소들은 더욱 배부르게 먹였다. 이들이 자신과 계속 함께하도록 유인하여 자신의 것으로 만들기 위함이었다. 눈이 녹기 시작하자 염소지기는 양떼들을 먹이려고 풀어 주었다. 그러자 야생 염소들은 재빨리 산으로 도망가 버렸다. 염소지기는 눈보라가 칠 때 자신의 양떼들보다 야생 염소들을 더 잘 돌보았음에도 자신을 떠난 야생 염소들의 배은망덕을 꾸짖었다. 그때 야생 염소 중한 마리가 염소지기 쪽을 돌아보며 말했다. "그것이 바로 우리가 이토록 조심스러운 이유예요. 어제 당신이 오랫동안 데리고

있던 염소들보다 우리에게 더 잘해 주는 걸 보니, 다른 염소들이
당신을 쫓아왔을 때 당신은 똑같이 우리보다 그들을 더 좋아할
것이 분명하기 때문이지요."

Lesson

새 친구를 위해 오래된 친구를 아무렇지 않게
희생시킬 수는 없다.

The Goatherd and the Wild Goats

A Goatherd, driving his flock from their pasture at eventide, found some Wild Goats mingled among them, and shut them up together with his own for the night. The next day it snowed very hard, so that he could not take the herd to their usual feeding places, but was obliged to keep them in the fold. He gave his own goats just sufficient food to keep them alive, but fed the strangers more abundantly in the hope of enticing them to stay with him and of making them his own. When the thaw set in, he led them all out to feed, and the Wild Goats scampered away as fast as they could to the mountains. The Goatherd scolded them for their ingratitude in leaving him, when during the storm he had taken more care of them than of his own herd. One of them, turning about, said to him, "That is the very reason why we are so cautious; for if you yesterday treated us better than the Goats you have had so long, it is plain also that if others came after us, you would in the same manner prefer them to ourselves."

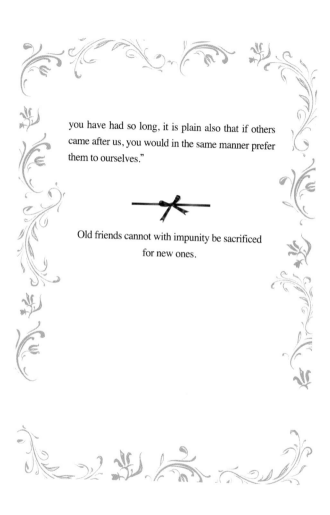

Old friends cannot with impunity be sacrificed for new ones.

Aesop's Fables

86
행실이 나쁜 개

어떤 개가 만나는 사람마다 뒤를 조용히 쫓아가 예고 없이 물어 버리곤 했다. 결국, 주인은 개의 목에 방울을 달아 개가 가는 곳마다 사람들이 알 수 있도록 하였다. 그런데 개는 주인이 특별함의 표시로 방울을 달아준 것이라 여기고 자랑스러워했고, 딸랑딸랑 소리를 내며 시장 구석구석을 다녔다. 그러던 어느 날 늙은 사냥개가 이 개에게 말했다. "자네가 왜 그렇게 웃음거리가 되었는지 아는가? 자네가 달고 다니는 방울은 어떤 공로 훈장이 아니라 반대로 수치의 표시일세. 행실이 나쁜 개인 자네를 피하도록 모든 사람들에게 알리는 게지."

Lesson

악명은 가끔 명예로 오인된다.

The Mischievous Dog

A Dog used to run up quietly to the heels of everyone he met, and to bite them without notice. His master suspended a bell about his neck so that the Dog might give notice of his presence wherever he went. Thinking it a mark of distinction, the Dog grew proud of his bell and went tinkling it all over the marketplace. One day an old hound said to him. "Why do you make such an exhibition of yourself? That bell that you carry is not, believe me, any order of merit, but on the contrary a mark of disgrace, a public notice to all men to avoid you as an ill mannered dog."

Notoriety is often mistaken for fame.

87
소년과 쐐기풀

한 소년이 쐐기풀에 쏘였다. 소년은 집으로 달려가 어머니에게 말했다. "쐐기풀을 부드럽게 만졌을 뿐인데 이것이 제게 상처를 입혔어요." "부드럽게 만졌기 때문에 네가 쐐기풀에 쏘인 거란다." 어머니가 말했다. "다음에 쐐기풀을 만질 때에는 꽉 움켜잡으렴. 그러면 쐐기풀은 비단처럼 부드러워질 것이고 적어도 네게 상처를 입히진 않을 거란다."

Lesson

무슨 일을 하든 온 힘을 다하라.

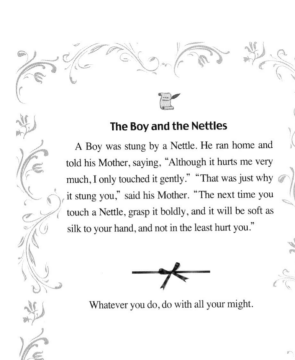

The Boy and the Nettles

A Boy was stung by a Nettle. He ran home and told his Mother, saying, "Although it hurts me very much, I only touched it gently." "That was just why it stung you," said his Mother. "The next time you touch a Nettle, grasp it boldly, and it will be soft as silk to your hand, and not in the least hurt you."

Whatever you do, do with all your might.

88
남자와 두 애인

　　　　　　　머리가 희끗해지기 시작한 한 중년 남성이 동시에 두 여자와 교제하고 있었다. 두 여자 중 한 명은 젊고, 다른 한 명은 나이가 지긋했다. 나이가 많은 여자는 자신보다 어린 남자와 교제하는 것을 부끄럽게 여겨, 남자가 자신을 찾아올 때마다 남자의 검은 머리를 조금씩 뽑았다. 반대로 늙은 남자의 아내가 되기를 원치 않았던 젊은 여자는 흰 머리가 보일 때마다 열심히 뽑아 버렸다. 그리하여 이 두 사람 사이에서 남자는 곧 자신의 머리카락이 하나도 남지 않은 것을 깨닫게 되었다.

Lesson

모든 사람을 기쁘게 하려는 자는 아무도 기쁘게 하지 못한다.

The Man and His Two Sweethearts

A middle-aged man, whose hair had begun to turn gray, courted two women at the same time. One of them was young, and the other well advanced in years. The elder woman, ashamed to be courted by a man younger than herself, made a point, whenever her admirer visited her, to pull out some portion of his black hairs. The younger, on the contrary, not wishing to become the wife of an old man, was equally zealous in removing every gray hair she could find. Thus it came to pass that between them both he very soon found that he had not a hair left on his head.

Those who seek to please everybody
please nobody.

89
싸움닭과 독수리

　싸움닭 두 마리가 농장 안마당의 지배권을 두고 맹렬하게 싸우고 있었다. 그러다가 마침내 한 마리가 이겨 다른 닭은 도망을 가게 되었다. 완패한 닭은 살금살금 도망가 조용한 구석에 몸을 숨겼다. 반면 승리한 닭은 크게 기뻐하며 높은 담벼락 위로 날아오르더니 날개를 퍼덕이며 온 힘을 다해 울었다. 그때 하늘을 날던 독수리 한 마리가 이것을 보고는 닭을 덮쳐 발톱으로 낚아채 버렸다. 결국, 완패한 닭이 즉시 구석에서 나와 지배권을 가지고 통치하기 시작했다.

Lesson

자만심은 파멸을 부른다.

The Fighting Cocks and the Eagle

Two game Cocks were fiercely fighting for the mastery of the farmyard. One at last put the other to flight. The vanquished Cock skulked away and hid himself in a quiet corner, while the conqueror, flying up to a high wall, flapped his wings and crowed exultingly with all his might. An Eagle sailing through the air pounced upon him and carried him off in his talons. The vanquished Cock immediately came out of his corner, and ruled henceforth with undisputed mastery.

Pride goes before destruction.

Aesop's Fables

90
양치기 소년과 늑대

　마을 근처에서 양 떼를 지키던 한 양치기 소년이 "늑대다! 늑대다!"라고 소리쳐 서너 번이나 마을 사람들을 불러냈다. 이웃들이 그를 도와주러 왔지만, 수고한 보람도 없이 소년은 그저 비웃기만 했다. 그러다가 마침내 정말로 늑대가 나타났다. 매우 놀란 양치기 소년이 공포에 질려 외쳤다. "제발 와서 저를 도와주세요. 늑대가 양들을 죽이려고 해요." 하지만 아무도 그의 외침에 귀를 기울이지도, 도움을 주지도 않았다. 두려워할 이유가 없었던 늑대는 이때다 싶어 양들을 모두 죽였다.

Lesson

거짓말쟁이는 진실을 말할 때에도 아무도 믿지 않는다.

The Shepherd Boy and the Wolf

A Shepherd Boy, who watched a flock of sheep near a village, brought out the villagers three or four times by crying out, "Wolf! Wolf!" and when his neighbors came to help him, laughed at them for their pains. The Wolf, however, did truly come at last. The Shepherd Boy, now really alarmed, shouted in an agony of terror, "Pray, do come and help me; the Wolf is killing the sheep"; but no one paid any heed to his cries, nor rendered any assistance. The Wolf, having no cause of fear, at his leisure lacerated or destroyed the whole flock.

There is no believing a liar,
even when he speaks the truth.

Aesop's Fables

91
새끼염소와 늑대

　안전한 지붕 위에 올라와 있던 새끼염소가 늑대가 지나가는 것을 보고는 늑대를 놀리고 욕하기 시작했다. 위를 올려다본 늑대가 말했다. "이봐! 다 들었어. 하지만 나를 놀리는 것은 네가 아니라 네가 서 있는 지붕이겠지."

Lesson

때와 장소 덕분에 힘없는 자가 힘 있는 자보다
유리할 때가 있다.

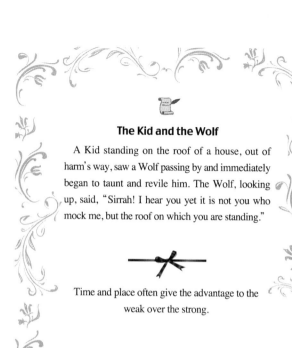

The Kid and the Wolf

A Kid standing on the roof of a house, out of harm's way, saw a Wolf passing by and immediately began to taunt and revile him. The Wolf, looking up, said, "Sirrah! I hear you yet it is not you who mock me, but the roof on which you are standing."

Time and place often give the advantage to the weak over the strong.

Aesop's Fables

92
박쥐와 족제비

땅에 떨어져 족제비에게 붙잡힌 박쥐가 살려 달라고 애원하
자, 족제비는 이렇게 말하면서 거절했다. "박쥐는 본래 모든 새
들의 적이야." 그러자 박쥐는 자신이 새가 아니라 쥐라고 납득
시키고는 풀려났다. 얼마 지나지 않아 박쥐가 또다시 땅에 떨어
져 다른 족제비에게 붙잡혔다. 박쥐는 똑같이 자신을 잡아먹지
말아 달라고 족제비에게 간청했다. 그 족제비
는 자신이 쥐에게 특별한 적대감이 있다고
말했다. 박쥐는 자신이 쥐가 아니라 박쥐
라고 납득시키고는 두 번째로 도망쳤다.

Lesson

상황을 유리하게 활용하는 것은 현명한 일이다.

The Bat and the Weasels

A Bat who fell upon the ground and was caught by a Weasel pleaded to be spared his life. The Weasel refused, saying that he was by nature the enemy of all birds. The Bat assured him that he was not a bird, but a mouse, and thus was set free. Shortly afterwards the Bat again fell to the ground and was caught by another Weasel, whom he likewise entreated not to eat him. The Weasel said that he had a special hostility to mice. The Bat assured him that he was not a mouse, but a bat, and thus a second time escaped.

It is wise to turn circumstances to good account.

93
숯 굽는 사람과 베 짜는 사람

숯을 굽는 사람이 자신의 집에서 장사를 하고 있었다. 어느날 베 짜는 친구를 만난 그는 자신의 집에서 같이 살자고 했다. 그는 두 사람이 훨씬 더 좋은 이웃이 될 것이며 생활비가 줄 것이라고 말했다. 그러자 베 짜는 사람이 말했다. "나로서는 그렇게 약속할 수가 없다네. 내가 하얗게 만든 것들을 자네는 석탄으로 바로 다시 검게 만들 것이기 때문이지."

Lesson

끼리끼리 어울린다.

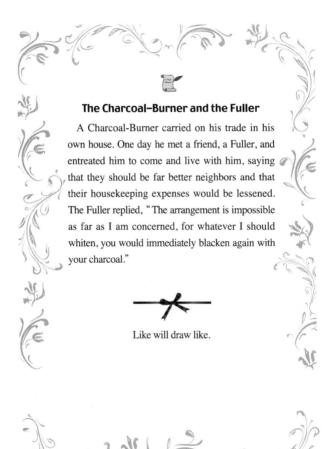

The Charcoal-Burner and the Fuller

A Charcoal-Burner carried on his trade in his own house. One day he met a friend, a Fuller, and entreated him to come and live with him, saying that they should be far better neighbors and that their housekeeping expenses would be lessened. The Fuller replied, "The arrangement is impossible as far as I am concerned, for whatever I should whiten, you would immediately blacken again with your charcoal."

Like will draw like.

94
늑대와 두루미

목구멍에 뼈가 걸린 늑대가 자신의 입에 머리를 넣어 뼈를 빼내 주면 사례를 톡톡히 하겠다며 두루미를 고용했다. 두루미가 뼈를 뽑아내고 약속한 사례금을 요구하자 늑대는 크게 웃더니 이를 갈며 소리쳤다. "이런, 넌 분명 이미 충분한 보상을 받았어. 네 머리가 늑대의 입과 턱에서 안전하게 빠져나올 수 있도록 해 주었잖아."

Lesson

사악한 이를 도울 때에는 어떠한 보상도 기대하지 마라.
그리고 수고의 대가로 다치지 않은 것을 감사하라.

The Wolf and the Crane

A Wolf who had a bone stuck in his throat hired a Crane, for a large sum, to put her head into his mouth and draw out the bone. When the Crane had extracted the bone and demanded the promised payment, the Wolf, grinning and grinding his teeth, exclaimed "Why, you have surely already had a sufficient recompense, in having been permitted to draw out your head in safety from the mouth and jaws of a wolf."

In serving the wicked, expect no reward, and be thankful if you escape injury for your pains.

Aesop's Fables

95
헤라클레스와 마부

짐마차꾼이 시골길을 따라 마차를 몰고 가고 있을 때 바퀴가 홈에 깊이 빠지고 말았다. 단순한 마부는 얼이 빠지고 겁에 질려 마차를 바라보고 서 있을 뿐 아무것도 하지 못하고 헤라클레스에게 도와 달라며 큰 소리로 울었다. 그때 헤라클레스가 나타나 마부에게 이렇게 지시했다고 한다. "어깨를 바퀴에 붙여 보게, 친구여. 소를 후려치게. 그리고 스스로 최선을 다하기 전까지는 내게 도와 달라고 절대 기도하지 말게. 그렇지 않으면 분명 자네의 기도는 아무 소용이 없을 걸세."

Lesson

스스로 노력하는 것이 가장 큰 도움이 된다.

Hercules and the Wagoner

A carter was driving a wagon along a country lane, when the wheels sank down deep into a rut. The rustic driver, stupefied and aghast, stood looking at the wagon, and did nothing but utter loud cries to Hercules to come and help him. Hercules, it is said, appeared and thus addressed him, "Put your shoulders to the wheels, my man. Goad on your bullocks, and never more pray to me for help, until you have done your best to help yourself, or depend upon it you will henceforth pray in vain."

Self-help is the best help.

Aesop's Fables

96
나그네와 개

한 나그네가 여행을 떠나려는데, 자신의 개가 문에서 기지개를 켜고 있는 것을 보았다. 나그네는 개에게 날카롭게 물었다. "왜 거기 서서 하품을 하고 있느냐? 너만 빼고 모든 게 준비가 되었다. 빨리 가자." 그러자 개는 꼬리를 흔들며 말했다. "오, 주인님! 저는 벌써 준비가 되었습니다. 제가 주인님을 기다리고 있었다고요."

Lesson

늘장을 부리는 사람이 종종 더 부지런한 친구를
늦는다고 비난한다.

The Traveler and His Dog

A traveler about to set out on a journey saw his Dog stand at the door stretching himself. He asked him sharply "Why do you stand there gaping? Everything is ready but you, so come with me instantly." The Dog, wagging his tail, replied "O, master! I am quite ready; it is you for whom I am waiting."

The loiterer often blames delay on his more active friend.

97
토끼와 거북이

어느 날 토끼가 거북이의 짧은 다리와 느린 속도를 비웃었다. 거북이는 웃으며 대답했다. "네가 아무리 바람처럼 재빠르다 하더라도 내가 경주에서 널 이길걸." 거북이의 주장이 불가능한 것이라고 여긴 토끼는 그 제안에 찬성했다. 둘은 여우가 코스를 고르고 도착점을 정하는 데 동의했다. 경주를 하기로 약속한 날, 둘은 함께 출발했다. 거북이는 잠시도 멈추지 않고 느리지만 꾸준한 속도로 결승점까지 갔다. 하지만 토끼는 길가에 누워 잠들어 버렸다. 마침내 잠에서 깨어난 토끼가 허겁지겁 달려갔지만, 거북이는 이미 도착점에 도착해 편안하게 졸고 있었다.

Lesson

느려도 꾸준한 사람이 이긴다.

The Hare and the Tortoise

A Hare one day ridiculed the short feet and slow pace of the Tortoise, who replied, laughing "Though you be swift as the wind, I will beat you in a race." The Hare, believing her assertion to be simply impossible, assented to the proposal; and they agreed that the Fox should choose the course and fix the goal. On the day appointed for the race the two started together. The Tortoise never for a moment stopped, but went on with a slow but steady pace straight to the end of the course. The Hare, lying down by the wayside, fell fast asleep. At last waking up, and moving as fast as he could, he saw the Tortoise had reached the goal, and was comfortably dozing after her fatigue.

Slow but steady wins the race.

98
농부와 황새

　농부가 새로 씨를 뿌린 경작지에 그물을 쳐 놓았더니 씨앗을 쪼아 먹으러 왔던 많은 두루미들이 잡혔다. 그물에 다리를 삐어 두루미들과 함께 덫에 걸린 황새는 농부에게 살려 달라고 간절히 애원했다. "제발 살려 주세요." 황새가 말했다. "이번 한 번만 저를 놓아주세요. 제 부러진 다리가 불쌍하잖아요. 게다가 저는 두루미가 아니라 평판이 좋은 황새랍니다. 제가 부모님을 얼마나 사랑하며 그들을 위해 얼마나 고되게 일하는지 보세요. 제 깃털도 좀 보세요. 적어도 두루미의 깃털과는 다르잖아요." 농부는 크게 웃으며 말했다. "네 말이 모두 맞을지도 몰라. 하지만 내가 아는 것은 이것 하나야. 난 너를 이 도둑새 두루미들과 함께 잡았고, 너도 이놈들과 함께 죽어야 한다는 거지."

Lesson

깃털이 같은 새들이 함께 모인다.

– 유유상종

The Farmer and the Stork

A Farmer placed nets on his newly-sown plough lands and caught a number of Cranes, which came to pick up his seed. With them he trapped a Stork that had fractured his leg in the net and was earnestly beseeching the Farmer to spare his life. "Pray save me, Master," he said, "and let me go free this once. My broken limb should excite your pity. Besides, I am no Crane, I am a Stork, a bird of excellent character; and see how I love and slave for my father and mother. Look too, at my feathers – they are not the least like those of a Crane." The Farmer laughed aloud and said, "It may be all as you say, I only know this I have taken you with these robbers, the Cranes, and you must die in their company."

Birds of a feather flock together.

99
농부와 뱀

어느 겨울, 한 농부가 추위에 꽁꽁 언 뱀 한 마리를 발견했다. 측은한 마음에 농부는 뱀을 집어 들어 품에 넣었다. 온기에 금세 되살아난 뱀은 본성을 드러내 은인을 물어 치명적인 상처를 입혔다. "아." 마지막 숨을 거두면서 농부는 탄식했다. "비열한 것을 불쌍히 여기는 바람에 이런 결과를 얻게 되는구나."

Lesson

최고의 자비도 은혜를 모르는 자에게는 무용지물이다.

The Farmer and the Snake

One winter a Farmer found a Snake stiff and frozen with cold. He had compassion on it, and taking it up, placed it in his bosom. The Snake was quickly revived by the warmth, and resuming its natural instincts, bit its benefactor, inflicting on him a mortal wound. "Oh," cried the Farmer with his last breath, "I am rightly served for pitying a scoundrel."

The greatest kindness will not bind
the ungrateful.

100
새끼사슴과 어미

한번은 어린 사슴이 어미에게 말했다. "엄마는 개보다 크고 빠르고 훨씬 잘 달려요. 그리고 무기로 뿔도 가지고 있잖아요. 그런데 엄마! 왜 엄마는 사냥개를 그렇게 무서워해요?" 어미가 웃으며 말했다. "네 말이 모두 맞단다, 아들아. 엄마는 네가 말한 장점들을 다 가지고 있지만 개 한 마리가 짖는 소리만 들어도 기절할 것만 같아서 최대한 빨리 도망가게 된단다."

Lesson

겁쟁이에게는 어떠한 논리도 용기를 주지 못한다.

The Fawn and His Mother

A young fawn once said to his Mother, "You are larger than a dog, and swifter, and more used to running, and you have your horns as a defense; why, then, O Mother! do the hounds frighten you so?" She smiled, and said, "I know full well, my son, that all you say is true. I have the advantages you mention, but when I hear even the bark of a single dog I feel ready to faint, and fly away as fast as I can."

No arguments will give courage to the coward.

Aesop's Fables

101
제비와 까마귀

제비와 까마귀가 자신들의 깃털에 대해 논쟁을 벌였는데, 까마귀가 이렇게 말하면서 논쟁에 종지부를 찍었다. "네 깃털은 봄에는 매우 훌륭해. 하지만 내 깃털은 겨울에 대비해 나를 보호해 주지."

Lesson

좋은 시절의 친구들은 별로 가치가 없다.

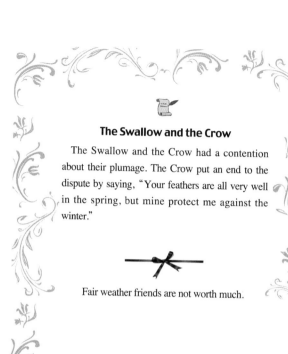

The Swallow and the Crow

The Swallow and the Crow had a contention about their plumage. The Crow put an end to the dispute by saying, "Your feathers are all very well in the spring, but mine protect me against the winter."

Fair weather friends are not worth much.

102
요동하는 산

한번은 어떤 산이 크게 요동쳤다. 엄청난 굉음과 소음이 들렸고, 많은 사람들이 무엇이 문제인지 보려고 곳곳에서 왔다. 사람들이 몇 가지 끔찍한 재앙을 예상하며 걱정스럽게 모여 있는데, 정작 산에서 나온 것은 쥐 한 마리뿐이었다.

Lesson

아무것도 아닌 일에 너무 소란을 피우지 마라.

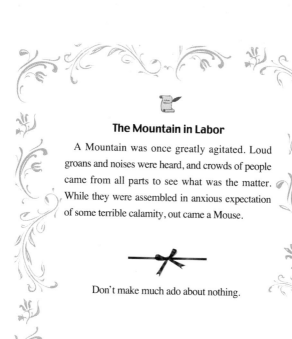

The Mountain in Labor

A Mountain was once greatly agitated. Loud groans and noises were heard, and crowds of people came from all parts to see what was the matter. While they were assembled in anxious expectation of some terrible calamity, out came a Mouse.

Don't make much ado about nothing.

103
거북이와 독수리

태양 아래서 느긋하게 일광욕을 하던 한 거북이가 아무도 자신에게 나는 법을 가르쳐 주지 않는다며 바닷새들에게 자신의 불운을 불평했다. 그때 가까이에서 날고 있던 독수리가 거북이의 한탄을 들었다. 독수리는 하늘 높이 데려가 공중에 뜨게 해주면 어떤 보상을 해줄 것인지를 거북이에게 물었다. "황해의 모든 보물들을 당신에게 주겠소." "그럼 내가 나는 법을 가르쳐 주지." 독수리는 거북이를 자신의 발톱으로 들어 올려 거의 구름까지 데려갔다가 갑자기 놓아 버렸다. 거북이는 높은 산에 떨어져 껍질이 산산조각 났다. 거북이는 죽는 순간에 이렇게 소리 질렀다. "이렇게 죽어도 싸지. 땅 위도 어렵게 기어 다니는 내가 날개나 구름과 무슨 상관이 있었겠는가?"

Lesson

자신이 원하는 것을 모두 갖는 자는 종종 파멸하게 된다.

The Tortoise and the Eagle

A Tortoise, lazily basking in the sun, complained to the sea-birds of her hard fate, that no one would teach her to fly. An Eagle, hovering near, heard her lamentation and demanded what reward she would give him if he would take her aloft and float her in the air. "I will give you," she said, "all the riches of the Red Sea." "I will teach you to fly then," said the Eagle; and taking her up in his talons he carried her almost to the clouds suddenly he let her go, and she fell on a lofty mountain, dashing her shell to pieces. The Tortoise exclaimed in the moment of death "I have deserved my present fate; for what had I to do with wings and clouds, who can with difficulty move about on the earth?"

If men had all they wished,
they would be often ruined.

104
파리와 꿀단지

　수많은 파리들이 가정부의 방에 엎어져 있는 꿀단지에 달라붙어 발을 대고 게걸스럽게 먹어 댔다. 하지만 발이 꿀에 너무 심하게 잠겨 날개를 사용할 수도 빠져나올 수도 없어 질식해 죽고 말았다. 파리들은 죽어 가면서 말했다. "오, 우리는 정말 어리석은 존재구나. 작은 쾌락을 위해 스스로를 파멸시켜 버리니 말이야."

Lesson

쾌락은 고통과 상처를 가져온다.

The Flies and the Honeypot

A number of Flies were attracted to a jar of honey which had been overturned in a housekeeper's room, and placing their feet in it, ate greedily. Their feet, however, became so smeared with the honey that they could not use their wings, nor release themselves, and were suffocated. Just as they were expiring, they exclaimed, "O foolish creatures that we are, for the sake of a little pleasure we have destroyed ourselves."

Pleasure bought with pains, hurts.

105
사람과 사자

　어떤 사람과 사자가 숲 속을 함께 여행하다가, 서로 각자의
힘과 기량이 우월하다며 자랑하기 시작했다. 이들은 논쟁을 하
다가 우연히 돌로 새겨진 조각상을 지나가게 되었는데, 그것은
'사람에게 목 졸린 사자'의 모습을 표현한 것이었다. 여행객은
조각상을 가리키며 사자에게 말했다. "이것 봐! 인간이 얼마나
강하면, 짐승의 왕조차도 이겨 버리겠어?" 그러자 사자가 말했
다. "이 조각상은 어차피 너희 인간이 만든 거
야. 만약 우리 사자들이 조각상을 세우는 법
을 알았다면 사자의 발 아래에 있는 사람을
보게 되었을 거야."

Lesson

　다른 사람의 이야기를 듣기 전까지는 한쪽 이야기가
옳은 것처럼 들린다.

The Man and the Lion

A Man and a Lion traveled together through the forest. They soon began to boast of their respective superiority to each other in strength and prowess. As they were disputing, they passed a statue carved in stone, which represented "a Lion strangled by a Man." The traveler pointed to it and said, "See there! How strong we are, and how we prevail over even the king of beasts." The Lion replied "This statue was made by one of you men. If we Lions knew how to erect statues, you would see the Man placed under the paw of the Lion."

One story is good, till another is told.

106
농부와 두루미

두루미 몇 마리가 밀을 새로 심은 밭에서 먹이를 먹고 있었다. 이를 본 농부는 오랫동안 빈 새총을 휘둘렀고, 공포에 질린 두루미들은 서둘러 도망가 버렸다. 하지만 새총이 공중에서 흔들릴 뿐이라는 것을 눈치 챈 두루미들은 이내 새총을 전혀 신경 쓰지 않으며 도망치지 않았다. 그러자 농부는 새총에 돌을 넣어 많은 두루미들을 죽였다. 남은 새들은 서로에게 이렇게 소리치면서 허겁지겁 들판을 버리고 떠났다. "이곳을 떠날 때가 되었어. 저 남자는 더 이상 우리를 겁주는 것에 만족하지 않고 자신이 할 수 있는 일을 본격적으로 보여 주기 시작했으니 말이야."

Lesson

말로 충분치 않으면 폭력이 따라오기 마련이다.

The Farmer and the Cranes

Some cranes made their feeding grounds on some plowlands newly sown with wheat. For a long time the Farmer, brandishing an empty sling, chased them away by the terror he inspired; but when the birds found that the sling was only swung in the air, they ceased to take any notice of it and would not move. The Farmer, on seeing this, charged his sling with stones, and killed a great number. The remaining birds at once forsook his fields, crying to each other, "It is time for us to be off to Lilliput for this man is no longer content to scare us, but begins to show us in earnest what he can do."

If words suffice not, blows must follow.

107
여우와 염소

어느 날 한 여우가 깊은 우물에 빠져, 나올 방법을 전혀 찾지 못하고 있었다. 그때 목이 마른 염소 한 마리가 이 우물에 와서는 여우를 보고 물이 깨끗한지 물었다. 여우는 즐거운 모습으로 자신의 슬픈 처지를 감추고 물에 대해 아낌없이 칭찬했다. 여우는 물이 더할 나위 없이 훌륭하다고 말하면서 염소가 내려오도록 부추겼다. 목마른 것만 생각한 염소는 아무 생각 없이 뛰어내렸다. 하지만 염소가 물을 마시자마자 여우는 자신들이 처한 어려움에 대해 알려 주고는 함께 빠져나갈 수 있는 방안을 제시했다. 여우가 말했다. "네가 앞발을 벽에 기대고 머리를 숙이면 내가 네 등을 타고 올라가서 빠져나갈게. 그런 다음 널 구해 줄게." 염소는 선뜻 찬성했고, 여우는 염소의 등 위로 뛰어올랐다. 여우는 염소의 뿔에서 균형을 잡은 다음 안전하게 우물 입구에 닿았고 가능한 한 빨리 도망갔다. 약속을 깬 것에 대해 염소가 여우를 질책하자 여우는 돌아보며 소리쳤다. "바보 같은 늙은 녀석아! 네가 네 턱수염에 있는 털만큼 머리에 꾀가 있었다면,

올라갈 방법을 알아보기 전에는 절대 아래로 내려오지 않았을
테고 빠져나갈 방법도 없는 위험에 너 자신을 빠뜨리지도 않았
을 거야."

Lesson

뛰어들기 전에 살펴보라.

– 돌다리도 두들겨 보고 건너라.

The Fox and the Goat

A Fox one day fell into a deep well and could find no means of escape. A Goat, overcome with thirst, came to the same well, and seeing the Fox, inquired if the water was good. Concealing his sad plight under a merry guise, the Fox indulged in a lavish praise of the water, saying it was excellent beyond measure, and encouraging him to descend. The Goat, mindful only of his thirst, thoughtlessly jumped down, but just as he drank, the Fox informed him of the difficulty they were both in and suggested a scheme for their common escape. "If," said he, "you will place your forefeet upon the wall and bend your head, I will run up your back and escape, and will help you out afterwards." The Goat readily assented and the Fox leaped upon his back. Steadying himself with the Goat's horns, he safely reached the mouth of the well and made off as fast as he could. When the Goat upbraided him for breaking his promise, he turned around and cried out, "You foolish old fellow! If you had as many brains in your head as you have hairs in your beard, you would never have gone down before you had inspected the way up, nor have exposed yourself to dangers from which you had no means of escape."

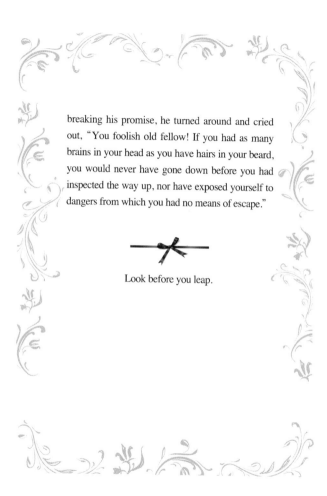

Look before you leap.

108
곰과 두 나그네

두 친구가 함께 여행하고 있을 때, 그들 앞에 갑자기 곰 한 마리가 나타났다. 둘 중 한 남자는 재빨리 나무 위로 올라가 가지에 몸을 숨겼지만, 미처 피하지 못한 남자는 자신이 공격당할 것을 알고는 땅 위에 납작 엎드렸다. 곰이 다가와 코로 남자를 건드리고 이리저리 냄새를 맡자, 남자는 숨을 멈추고 최대한 죽은 시늉을 했다. 곰은 곧 남자를 떠났다. 왜냐하면 곰은 시체는 건드리지 않는다는 말이 있기 때문이다. 곰이 완전히 사라지자, 나무에서 내려온 남자가 다가와 곰이 귀에 대고 뭐라고 속삭였는지 농담 삼아 친구에게 물었다. "곰이 나에게 이런 조언을 해주었네." 친구가 대답했다. "위험이 닥쳤을 때 너를 버리는 친구와는 절대 함께 여행하지 말라고 말이야."

Lesson

불행은 친구들의 진실함을 시험한다.

– 역경에 처했을 때 친구의 진심이 드러난다.

The Bear and the Two Travelers

Two men were traveling together, when a Bear suddenly met them on their path. One of them climbed up quickly into a tree and concealed himself in the branches. The other, seeing that he must be attacked, fell flat on the ground, and when the Bear came up and felt him with his snout, and smelt him all over, he held his breath, and feigned the appearance of death as much as he could. The Bear soon left him, for it is said he will not touch a dead body. When he was quite gone, the other Traveler descended from the tree, and jocularly inquired of his friend what it was the Bear had whispered in his ear. "He gave me this advice," his companion replied. "Never travel with a friend who deserts you at the approach of danger."

Misfortune tests the sincerity of friends.

109
황소와 굴대

한 무리의 황소들이 시골길을 따라 무거운 마차를 끌고 가고 있었다. 그런데 갑자기 굴대가 소리를 내며 심하게 삐걱댔다. 그러자 황소들이 돌아보며 바퀴에게 말했다. "어이 거기! 왜 그렇게 심한 소음을 내는 거요? 우리가 모든 짐을 지고 있지 않은가? 그러니 당신이 아니라 우리가 비명을 질러야 한다고."

Lesson

가장 고통이 심한 사람이 불평이 가장 적다.

The Oxen and the Axletrees

A heavy wagon was being dragged along a country lane by a team of Oxen. The Axletrees groaned and creaked terribly; whereupon the Oxen, turning round, thus addressed the wheels "Hullo there! Why do you make so much noise? We bear all the labor, and we, not you, ought to cry out."

Those who suffer most cry out the least.

Aesop's Fables

110
목마른 비둘기

　극심한 갈증에 고통 받던 비둘기 한 마리가 간판에 그려진 물한 잔을 보았다. 그것이 그저 그림일 뿐이라는 생각은 하지 못한비둘기는 쌩하는 소리를 내며 그림을 향해 날아가다 간판에 부딪혀서 끔찍한 소리를 냈다. 그 충격으로 날개가 부러진 비둘기는 땅에 떨어져 지나가던 사람에게 붙잡히고 말았다.

Lesson

열의가 신중함을 앞서서는 안 된다.

The Thirsty Pigeon

A Pigeon, oppressed by excessive thirst, saw a goblet of water painted on a signboard. Not supposing it to be only a picture, she flew towards it with a loud whir and unwittingly dashed against the signboard, jarring herself terribly. Having broken her wings by the blow, she fell to the ground, and was caught by one of the bystanders.

Zeal should not outrun discretion.

Aesop's Fables

111
까마귀와 백조

　까마귀가 백조를 보고는 자신도 똑같이 아름다운 깃털을 가지고 싶어졌다. 까마귀는 백조가 화려하고 하얀 빛깔의 깃털을 가지고 있는 이유를 헤엄치는 물에서 씻기 때문이라고 생각하고는 자신이 먹을 것을 구하는 근처의 제단을 떠나 호수와 연못에 집을 지었다. 하지만 깃털을 아무리 자주 씻어도 까마귀의 색깔은 변하지 않았고 먹을 것도 없어서 결국 까마귀는 죽고 말았다.

Lesson

습관을 바꾼다고 해도 본성을 바꿀 수는 없다.

The Raven and the Swan

A Raven saw a Swan and desired to secure for himself the same beautiful plumage. Supposing that the Swan's splendid white color arose from his washing in the water in which he swam, the Raven left the altars in the neighborhood where he picked up his living, and took up residence in the lakes and pools. But cleansing his feathers as often as he would, he could not change their color, while through want of food he perished.

Change of habit cannot alter Nature.

112
염소와 염소지기

한 염소지기가 무리에서 벗어난 염소 한 마리를 다시 무리로 데려오려고 휘파람에 뿔피리까지 불어 댔다. 하지만 모두 헛수고였다. 뒤처진 염소는 부르는 소리에 전혀 주의를 기울이지 않았다. 참다못한 염소지기는 염소에게 돌을 던졌는데, 날아간 돌에 그만 염소의 뿔이 부러지고 말았다. 염소지기가 염소에게 이 사실을 주인에게 말하지 말아 달라고 부탁하자, 염소가 말했다. "이 어리석은 친구야, 내가 조용히 있더라도 뿔이 모든 걸 말해 줄걸."

Lesson

숨길 수 없는 것을 숨기려 하지 마라.

The Goat and the Goatherd

A Goatherd had sought to bring back a stray goat to his flock. He whistled and sounded his horn in vain; the straggler paid no attention to the summons. At last the Goatherd threw a stone, and breaking its horn, begged the Goat not to tell his master. The Goat replied, "Why, you silly fellow, the horn will speak though I be silent."

Do not attempt to hide things
which cannot be hid.

113

병든 사자

　나이가 들고 병들어 힘으로 더 이상 먹을 것을 구할 수 없었던 한 사자가 술책을 써서 먹을 것을 구하기로 했다. 사자는 자신의 동굴로 돌아가 아픈 척을 하고 누워 있으면서 자신의 병이 알려지도록 하였다. 짐승들이 슬픔을 표하며 한 마리씩 사자의 굴로 찾아오면 사자는 이들을 집어삼켰다. 이렇게 하여 많은 짐승들이 사라지자, 여우가 그 속임수를 알아차리고서는 사자를 찾아갔다. 여우는 동굴 밖에 조금 거리를 두고 서서 사자에게 안부를 물었다. "나는 그럭저럭 괜찮다." 사자가 대답했다. "그런데 왜 밖에 서 있는 것이냐? 안으로 들어와서 나와 이야기하세." "아니요, 괜찮습니다." 여우가 말했다. "그런데 이상하게도 동굴로 들어간 발자국은 많이 있지만 나온 흔적은 볼 수 없군요."

Lesson

　다른 사람의 불행을 보고 조심하는 자가 현명한 자이다.

The Sick Lion

A Lion, unable from old age and infirmities to provide himself with food by force, resolved to do so by artifice. He returned to his den, and lying down there, pretended to be sick, taking care that his sickness should be publicly known. The beasts expressed their sorrow, and came one by one to his den, where the Lion devoured them. After many of the beasts had thus disappeared, the Fox discovered the trick and presenting himself to the Lion, stood on the outside of the cave, at a respectful distance, and asked him how he was. "I am very middling," replied the Lion, "but why do you stand without? Pray enter within to talk with me." "No, thank you," said the Fox. "I notice that there are many prints of feet entering your cave, but I see no trace of any returning."

He is wise who is warned by the misfortunes of others.

이솝우화

초판 1쇄 | 2024년 9월 30일

지은이 | 이솝(Aesop)
옮긴이 | 김설아
그린이 | 최철민
펴낸곳 | 단한권의책
출판등록 | 제25100-2017-000072호(2012년 9월 14일)
주소 | 서울시 은평구 서오릉로 20길 10-6
팩스 | 070 - 4850 - 8021
이메일 | jjy5342@naver.com

ISBN 979-11-91853-43-8
값 | 7000원